# 時代曲

劉以鬯 著

中華書局

# 目錄

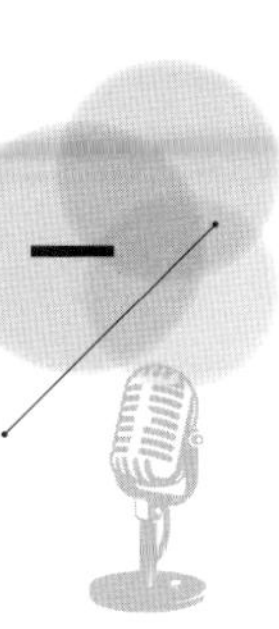

# 一

在熒光幕上看到魏琳子演唱〈今天不回家〉時，諸尚仁百感縈集，前事舊影，頓時兜上心頭。

二十年前，諸尚仁從香港前往星加坡參加一家報館的工作。

那時候，樹膠的行情特別好，一般民眾的消費力比過去強得多，時代曲在星馬一帶掀起了狂潮。別說馬來亞，單是星加坡一地，幾個遊藝場像快樂世界、新世界與大世界，都有歌台之設。每一個遊藝場，總有兩三家歌台，像位於惹蘭勿剎的新世界，裏邊就有三家歌台：滿江紅、香格里拉與鳳凰。

喜歡聽歌的人很多。人們白天做得辛苦，到了晚上，沖過涼，就會走去遊藝場，坐在歌台前邊，花一塊錢，不但可以輕鬆地消磨幾個鐘頭，還有汽水可喝。

星加坡位於赤道邊緣，白天雖然炎熱，晚上倒是相當涼爽的。坐在海邊吃東西，或者坐在露天歌台前邊聽歌，都是極好的享受。

諸尚仁在香港時，並不喜歡聽時代曲。到了星加坡之後，除非沒有空閒，否則，就會走去電影院看一場電影。星加坡幾家首輪電影院的設備，都是第一流的。

一個周末的晚上，報館有位姓鄭的同事，在遊藝場的一家菜館請客。諸尚仁也在被邀之列。

吃過晚飯，正是遊藝場最熱鬧的時候。老鄭問諸尚仁：

「是不是趕着要回報館？」

「今晚輪到我休息。」

「好極了，我請你去聽歌。」

諸尚仁雖然對時代曲並不十分感到興趣，但也頗有好奇。在踏進歌台之前，諸尚仁以為歌台與舊時上海的歌場是一樣的，走進歌台之後，不得不承認兩者在氣氛上有着極大的差別。

大凡第一次走去歌台聽歌的人，對自己所處的環境總不會沒有新鮮感。這種新鮮感，使諸尚仁對歌台一開始就產生好感。

老鄭對他說：

「樹膠的行情愈來愈好，一般人的收入增加了，歌台的生意也跟着好了起來。聽歌的人一多，歌星們的待遇也隨之提高。」

「一位歌星每個月有多少錢收入？」諸尚仁問。

「普通的歌星，待遇就比我們做新聞從業員好得多了，紅歌星的待遇，比洋行買辦或銀行經理的收入更高。」

「紅歌星每個月的薪水有多少？」

「像莊雪芳、張小鳳、盧美萍、潘秀瓊那樣的紅歌星，每個月的薪水總在三千左右。」

「這麼多？」諸尚仁的眼睛睜得很大。

「是的，」老鄭說，「行情愈好，紅歌星的收入愈高。這種情形，像你這樣剛從香港來的新客，是不容易了解的。」

「那麼，這位歌星呢？」諸尚仁問，「這位歌星每個月有多少收入？」

「哪一位歌星？」老鄭反問他。

諸尚仁伸手朝台上一指，說了一個字：「她。」

「魏琳子？」

「她叫魏琳子？」

「你是指此刻站在麥克風前唱歌的那一位？」

「正是她。」

「她是一個新人，剛紮起，還沒有走紅。」

「她的歌，唱得不壞。」諸尚仁說。

老鄭接口便說：「她的模樣也長得不錯。她很瘦，屬林黛玉型的。在南洋，像她這樣膚色皙白而嬌娜嫵媚的女人，並不多。不過，儘管歌唱得好，模樣也長得不錯，截至目前為止，還不能算是一個紅歌星。」

「她會走紅的，」諸尚仁用肯定的口氣說，「她一定會走紅的。」

老鄭並不馬上開口，只是從口袋裏掏出煙盒，遞一支給諸尚仁，尚仁搖搖頭。

從老鄭的態度中，尚仁發現老鄭似乎不同意這種看法。因此，他用詢問的語氣說：

「她不會走紅？」

「我也不知道。」老鄭聳聳肩，「歌星能不能走紅，與樹膠的行情一樣，不容易預測。有些歌星，歌藝平平，卻能紅得發紫；有些歌星，唱得很好，卻不能走紅。」

「我明白你的意思了。」

「你明白甚麼？」

「有些歌星，因為臉蛋長得漂亮，雖然唱得不好，也能走紅；有些歌星，因為臉蛋長得不漂亮，所以不能走紅。」

「你講得不錯，不過，這只是一個因素。」老鄭說。

「還有別的因素嗎？」諸尚仁問。

「一個歌星的走紅，有相當多的因素。譬如說：有些歌星雖然唱得不算好，因為善於交際，一樣可以大紅特紅；有些歌星，唱得好，模樣也長得漂亮，因為不善交際，就不容易走紅。」

「魏琳子就是屬這一類歌星？」

「可以這樣說。」

談到這裏，魏琳子已將一首〈梭羅河之戀〉唱完。她的歌，唱得相當不錯，但是贏得的掌聲卻很少。諸尚仁忍不住歎口氣，表示惋惜，但也含有濃厚的不平意味。

接着，一個打扮得像復活節彩蛋般的歌星出來唱歌了。她唱了一首〈桃花江〉，結果贏得了如雷的掌聲。諸尚仁說：

「這倒是一件意想不到的事。」

「甚麼？」老鄭問。

「像〈桃花江〉這一類的老歌，在其他地區早被淘汰了，在這裏，居然還有人當作流行歌曲演唱。」

「這裏的聽眾對老歌與新歌並不敏感，像抗戰時期曾經流行過的〈熱血〉與〈盧溝橋〉，現在還很受歡迎。」

諸尚仁聳聳肩，不再說甚麼。這是他第一次在歌台聽歌，對歌台的一切，幾乎沒有一樣不感到新鮮。

歌台節目，通常總是這樣的，從八點開始到十點半左右，以歌唱為主，由該歌台的幾位歌星輪流演唱。等到歌唱節目結束，就會演出一齣類似文明戲的戲劇。

諸尚仁對這一類戲劇並不感到興趣，看了一幕之後，對老鄭說：

「走吧。」

「你不喜歡這一齣戲？」

諸尚仁牽牽嘴角，以微笑作為回答。老鄭建議到勿洛去吃消夜，尚仁不反對。

在離開歌台之前，老鄭對尚仁說：

「到後台去看看？」

這個建議，使尚仁感到意外。

「為甚麼？」尚仁問。

老鄭並不答覆他的問題，大踏步朝後台走去。諸尚仁不知道他葫蘆裏賣的甚麼藥，只好跟着他，走去後台。

後台的面積並不大，堆滿了服裝道具，加上太多的歌星與演員，顯得相當擠迫。老鄭與那些歌星與演員們很熟，走到裏邊，跟莊雪芳、潘秀瓊打招呼，又跟白言、關新藝握手談笑，幾乎每一個工作人員都認識。莊雪芳對他說：

「下個月，我要到州府去唱一個短期。你們報紙的娛樂版說我計劃到婆羅洲去，是不確實的。」

老鄭露了一個笑容，說是願意將這件事情通知娛樂版的編輯，請他更正一下。然後走到那個很會演戲的白言面前，拍拍他的肩膀，稱讚他的戲演得好。白言聽了，笑得見牙不見眼。老鄭與歌台上的藝人就是那樣的熟稔。這一點，使諸尚仁感到意外。

諸尚仁到了後台，覺得樣樣都新鮮，彷彿劉姥姥進入大觀園似的，老是東張西望。

他見到魏琳子坐在角隅處。

魏琳子低着頭，視線落在地板上，好像陷入了無極的沉思。

老鄭走到魏琳子旁邊時，魏琳子依舊沒有察覺。於是，老鄭佝僂着背，柔聲細氣說：

「琳子，你在想甚麼？」

琳子這才似夢初醒地抬起頭來，睜大眼睛對老鄭一望，牽牽嘴角，露了一個淺若燕子點水的笑容。

「鄭先生，你怎會走來的？」她問。

「我特地走來看你。」老鄭說。

魏琳子扁扁嘴，扮了一個佯怒薄嗔的表情：

「你很會撒謊。」

「我說的是真話。」

「既然說的是真話，請你告訴我，你走來找我做甚麼？」

「請你吃消夜。」

出乎意料之外，魏琳子竟一口答應了：「好的。別人請我吃消夜，我多數不會去的，你請我吃消夜，我一定去。」

「為甚麼？」

「因為你不是追求我的人！」

聽了這句話，不但老鄭笑得前俯後仰，連魏琳子自己也格格笑了起來。站在一旁的諸尚仁見他們這樣開心，也不自覺地露了笑容。

魏琳子斂住笑容後，斜目對諸尚仁一瞅。老鄭明白她的意思，當即介紹他們相識。

介紹過後，魏琳子老是睜大眼睛望着諸尚仁，幾乎將他當作藝術品來欣賞了。

「剛從香港來？」魏琳子問。

「是的，」諸尚仁點點頭，「剛從香港來。」

「香港很繁華，是不是？」

諸尚仁正要答覆時，老鄭就截住他的話頭：「有話，吃消夜時再談。」

「到甚麼地方去吃消夜？」

「勿洛。」

魏琳子點點頭，表示同意。然後站起身，問老鄭：「你的車子停在甚麼地方？」

「後邊的停車場。」

「你們先去停車場等我，我換好衣服就來。」

老鄭偕同諸尚仁走出歌台，到停車場去。在停車場等了五分鐘左右，魏琳子婀婀娜娜走來了。停車場的光線相當黝暗。在黝暗的光線中，諸尚仁覺得魏琳子更加嬝娜嫵媚了。

進入車廂，三個人並排坐在車頭。老鄭駕車，魏琳子坐在中間。

勿洛距離遊藝場相當遠。車子在平坦的公路上疾駛，花了二三十分鐘才到達。

一般人走去勿洛吃消夜，多數喜歡坐在海邊的熟食檔旁邊。但是，老鄭卻選了勿洛酒店。

桌子放在沙灘上，面對大海。老鄭等圍桌而坐，向夥計要了酒菜與蟹。

對於諸尚仁，這是一個新鮮的經驗。他是一個久居香港的人，從未到過熱帶。因此，處在那種充滿熱帶情調的環境裏，心情非常輕鬆。過去，在香港的時候，在書本裏讀到有關熱帶海濱的描寫，總希望自己能夠進入那種夢樣的境界。現在，坐在勿洛的沙灘上，望着夜穹裏的星星，望着烏溜溜的海水，望着海濱的椰樹……諸尚仁雖然還沒有喝酒，卻產生了近似醉的感覺。

「這地方實在太美了！」他說。

「聽說香港與星加坡一樣，也是一個海島？」魏琳子說。

「是的，香港也是一個海島。」

「既然這樣，香港一定有不少吃消夜的地方？」

「香港吃消夜的地方雖多，不是夜總會，便是酒樓，沒有人坐在海邊吃消夜的。」

「香港人不喜歡海風與海景？」

諸尚仁聳聳肩，不知道應該怎樣答覆這個問題。魏琳子似乎對香港特別感到興趣，又提出另外一個問題：

「別人都說香港是購物天堂，看來香港的百貨公司裏一定有許多貨物出售。」

「香港商店裏的貨物不但種類多，而且價錢也便宜。」諸尚仁說。

「將來要是有機會的話，我很想到香港去看看。」魏琳子說。

「這不是一件很困難的事。」老鄭說。

「但是，」魏琳子說，「我沒有親戚朋友在香港，單獨一個人去遊歷，總不大好。」

「不成問題，」諸尚仁說，「你是一位歌星，將來可以走去香港表演的。據我所知，香港有幾位歌星此刻正在星馬兩地登台演唱。」

魏琳子露了一個似笑非笑的表情，慢吞吞地說：

「香港歌星走來星馬演唱，是常有的事情，但是，星馬歌星走去香港演唱的，就不多了。」

「那是因為星馬一般民眾喜歡聽時代曲，而香港人對粵曲比時代曲似乎更感興趣。在香港，只要扭開麗的呼聲與收音機，新馬仔與任劍輝唱的粵曲是經常可以聽到的。」

「就因為這樣，星馬歌星到香港去演唱的事，實在太少了。」

「目前的情形是這樣，不過，將來是否依舊這樣，誰也無法逆料。將來的香港要是也掀起時代曲的狂潮的話，相信星馬歌星走去香港演唱的，一定很多。」

「就算將來的情形果如你此刻所猜測的，也不會輪到我去唱。」

「為甚麼？」

「因為我不是一個紅歌星。」

「你太謙虛了。」

「不是謙虛，而是事實。」魏琳子笑得很媚。

老鄭連忙插嘴說：「琳子，不要看輕自己，好不好？你剛出來唱，就有這樣的成績，實在是很可以驕傲的了。」

聽了這幾句話，魏琳子忍不住格格笑了起來。從這一點來看，琳子對自己的歌藝確無信心。如果不是為了生活，她就不會做一個職業歌手了。作為一個職業歌手，她是相當老實的，不但絲毫沒有江湖氣，而且一點也不虛偽。諸尚仁雖然第一次見到她，卻對她留下了相當良好的印象。

對久居熱帶的人，坐在海邊吃消夜，是一件極其平常的事情。但是，對諸尚仁那樣的新客，坐在海邊吃消夜，不會不感到新鮮。海風是涼的。海水拍岸的聲音，加上魚躍，襯以繁星點點的夜穹，使這種境界美得像一首詩了。諸尚仁開始喜歡星加坡。

坐在海邊吃消夜的人，因為太舒適的關係，對時間的流去，往往不會予以太大的注意。如果魏琳子不提議回家的話，即使坐到天亮，也不是沒有可能的。

進入車廂，諸尚仁看看腕錶：兩點半。他想：

「回到家裏，大概三點半了。沖個涼，上床時，深夜向盡。好在老鄭與我都是新聞從業員，睡得遲些，不成問題。至於魏琳子，既是晚上登台，白天不論睡到幾點，絕不會影響工作。」

魏琳子住在芽籠。

諸尚仁到星加坡還不久，對獅城的情形，當然不熟悉。當車子抵達芽籠時，只覺得這一區的馬來氣氛特別濃。

分手時，魏琳子問：

「你們明晚——不，現在應說是今晚了，你們今晚來不來聽歌？」

「我要到吉隆坡去一次。」老鄭答。

「到吉隆坡去做甚麼？」魏琳子問。

「報館當局派我到吉隆坡去與當地的代理研究一些問題。」

「甚麼時候回來？」

「一個星期左右。」

「要這麼久才回來？」

「在吉隆坡辦好事情後，還要到檳城去一趟。」

「看女朋友？」

「也是為了報館的事情。」

魏琳子轉過臉去問諸尚仁：

「你呢？今晚你有沒有空走來聽歌？」

「我……我……」諸尚仁期期艾艾地，「我晚上要上班。」

老鄭插嘴說：「你下了班再到歌台去也不遲。我們報館截稿的時間通常總在十點左右。」

諸尚仁對魏琳子說：

「如果時間許可的話，我會去歌台聽你唱歌的。」

魏琳子怡然一笑，用嬌滴滴的聲音說：

「如果你走來聽歌的話，我請你吃消夜。」

說着，掉轉身，婀婀娜娜朝那扇髹着奶白色的大門走去，打開手袋，取出鑰匙，啟開大門。走入門內，轉過身，對老鄭與諸尚仁又露了一個嫵媚的微笑。

老鄭發動車子的引擎，送諸尚仁回家。時為凌晨三點，街上靜悄悄的，不但沒有行人，連車輛也極少。老鄭問：

「你覺得魏琳子怎麼樣？」

「我覺得她不像一個職業歌手。」

「為甚麼？」

「第一，她一點江湖氣也沒有；第二，她很老實，心裏想甚麼，嘴上就說甚麼；第三，她不做作。」

「這樣說來，你對她發生好感了？」

「別開玩笑，好不好？」諸尚仁一本正經說。

老鄭正正臉色，也用嚴肅的口氣說了這麼幾句：

「像她這樣美麗而又坦率的歌星，當然會有許多男人追求她的。不過，她對感情上的事似乎有了過分審慎的態度。」

「為甚麼？」

「因為她曾經上過當。」

「上過當？」

「你剛從香港來，對她的過去，全無認識。其實，關於那次參加宴會的事，凡是認識她的人，多數都知道。」

「能不能將這件事講給我聽？」

「你對魏琳子發生興趣了？」老鄭故意調侃諸尚仁。

「我也有好奇心。」尚仁說。

老鄭並不立刻開口，只是將車子朝前駛去。當他找到一個可以泊車的地方時，他將車子停下，從口袋裏掏出煙盒，遞一支給諸尚仁，替他點上火，然後自己也點上一支。猛吸一口，朝車窗噴出煙靄。他用低沉的語調說出這麼一句：

「魏琳子有一個男孩。」

雖然是簡短的一句話，卻使諸尚仁感到詫愕。尚仁問：

「她已結過婚了？」

「沒有。」

「沒有結婚，怎會有孩子？」

「在這個社會裏，未出嫁的媽媽很多，不過，魏琳子的情形與一般的情形不同。」

「怎麼樣？」

「一般少女懷孕之後，不會不知道孩子的父親是誰，魏琳子發覺自己有孕時，卻連孩子的父親是誰也不知道。」

「這是怎麼一回事？」

老鄭連吸兩口煙之後，將話語隨煙靄一起吐出：

「事情是這樣的：有人請她去參加一個宴會，她原不打算去的，但經不起主人的慫恿，就走去參加了。在那個宴會上，有人頻頻勸飲。她不想喝，結果喝醉了。當她醒轉時，她發現自己睡在一家酒店的房間裏，卻不知道誰帶她去的。她很惱怒，因為她已失去童貞。回到家裏，哭了三天三夜。她的母親知道這件事後，走去責問宴會的主人，可是那主人也不能答覆她的問題。過些時日，魏琳子感到不舒服，走去醫生處檢查，才知道自己已有身孕。這件事，使她的情緒壞到極點。凡是認識她的人，都勸她墮胎，她不願意殺戮一個無辜的孩子。有人對她說：『這孩子的父親是個壞人，你沒有理由將壞人的孩子生出來。』她搖搖頭說：『孩子的父親雖壞，孩子卻是好的。』這樣，她寧願接受親友們的訕笑，固執地將孩子生了出來。」

說到這裏，老鄭吸口煙，然後將煙蒂彈出窗外。諸尚仁歎口氣，說：

「她是一個好人。」

「是的，魏琳子是個好人，但是，好人在這種社會裏一定要吃虧的。」

諸尚仁不再說甚麼。

老鄭再一次發動車子的引擎，送諸尚仁回家。諸尚仁住在中峇魯，是報館替他租的房間。他是一個單身漢，回到家裏，難免不感到孤寂。這種孤寂感使他不能用睡眠去消除疲勞。當他沖過涼躺在床上時，兩眼直直地望着天花板，在想着老鄭告訴他的事情。

晚上，諸尚仁在蜜駝律的瑞記吃過雞飯後，走去報館工作。抵達報館，向同事詢問，才知道老鄭剛離開報館趕去丹戎百葛火車站搭乘星隆夜郵車到吉隆坡去了。

星加坡的報館，通常總在十點左右截稿。這天晚上，因為新聞特別多，忙到十一點半才看大樣。諸尚仁原想走去歌台聽魏琳子唱歌的。這樣一來，只好打消這個計劃。

工作完畢，幾位同事邀他到廈門街去吃蝦麵。諸尚仁無可無不可，聳聳肩，與同事們坐着報館的車子去吃蝦麵了。

蝦麵風味別具，諸尚仁覺得非常可口。不過，當他吃可口的蝦麵時，腦子卻在想着魏琳子。

「與魏琳子分手時，她叫我今晚到歌台去聽歌，然後請我吃消夜。但是現在，我卻在廈門街吃東西了。她會不會生氣？或者，她根本忘記了自己講過的話。一個歌星，對這種不經意的約會，當然不會認真。」

想到這裏，聳聳肩，又要了一碗蝦麵。報館的同事們知道他是新客，總是不厭其詳地將星馬的風俗習慣講給他聽。諸尚仁對同事們所講的種種，極感興趣。

對於初到南洋的諸尚仁，除非不想適應當地的習俗，否則，需要了解的事情還有很多。

縱然如此，諸尚仁對星加坡的好感卻是與時俱增的。每一次獲得一個新的知識，就會增加一分對星加坡的好感。他常常對同事們說：

「星加坡是一個好地方，希望移民廳肯允許我在這裏長期居留。」

對於這個問題，同事們總是這樣對他說：

「在這裏多住幾年，相信移民廳一定會准你多居留一些時候的。」

「但願如此。」諸尚仁說。

約莫過了一個星期左右，老鄭從檳城回來了。當他見到諸尚仁時，他問：

「魏琳子有沒有請你吃消夜？」

「我沒有到歌台去。」

「為甚麼？」

「那天晚上，新聞特別多，看過大樣，已十一點半。」

「你失約了。」

這是沒有辦法的事。諸尚仁笑得極不自然。

「今天晚上，要是新聞不多的話，我們去聽魏琳子唱歌，好不好？」

諸尚仁點點頭，欣然接受了這個邀約。雖然對時代曲並不十分感到興趣，但是下班後，到歌台去聽幾首歌，對他來說，也變成一種享受了。再說，他對魏琳子頗有好感，能夠見到魏琳子，當然是很好的。

這天晚上，與諸尚仁第一次進入歌台時的情形一樣，歌台的生意很好，黑壓壓地擠滿了聽眾。老鄭與諸尚仁只佔得最後靠邊的座位，當然不很理想。

聽了一個鐘頭左右，始終不見魏琳子出場。

「這是怎麼一回事？」老鄭說，「每一個歌星都出來唱過了，只有魏琳子沒有出場。」

「也許她病了。」

老鄭不作任何猜測，只是不耐煩地坐在那裏。一位女歌星與一位男歌星出台唱了一首〈打是疼你罵是愛〉之後，另一位出台唱了一首〈峇厘島〉。他們都唱得很好，但是老鄭顯然不能集中精神去聽歌。當那位女歌星唱完〈峇厘島〉時，老鄭站起身，對諸尚仁說：

「到後台去看看。」

諸尚仁聳聳肩，跟着他朝後台走去。走入後台，老鄭少不免與幾位紅歌星打招呼，然後遊目四矚，想找魏琳子，卻連個影子也沒有見到。

有個男演員走過來了，老鄭當即迎上前去。

「怎麼不見魏琳子？」老鄭問。

「她到芙蓉去了。」男演員答。

「為甚麼？」老鄭問，「她為甚麼忽然走去芙蓉？」

「她是芙蓉出生的，家在芙蓉。」

「但是，」老鄭問，「她是這裏的歌星，怎會忽然走去芙蓉？」

「她的健康情形不大好。那天晚上，唱了一首〈桃花江〉之後，回到後台，竟暈了過去。」

「甚麼病？」

「關於這一點，我倒不大清楚。」男演員說。

「這樣說來，暫時不會回歌台來演唱了？」老鄭問。

那男演員是個很持重的人，對於自己不能肯定的事，不願胡亂作答，只是露了一個似笑非笑的表情，作為答覆。

從此，有一個很長的時期，沒有聽到魏琳子的消息。諸尚仁對魏琳子頗有好感，雖然談不上甚麼交情，倒是相當關心的。只要有機會，他就會向同事，詢問魏琳子的近況，但是沒有一個人知道魏琳子的情形。諸尚仁開始注意小型報了。那時候的星加坡，小型報紙相當多，經常向讀者報道一些所謂「內幕」的新聞，其中頗多關於歌星的動態。諸尚仁希望從這些小型報紙上看到有關魏琳子的消息，也見不到。

如果魏琳子是一個紅歌星的話，諸尚仁想知道她的動態，不會有太大的困難。問題是，魏琳子的歌齡太淺，還不能算是一個紅歌星。

「時代曲已掀起狂潮，」老鄭對諸尚仁說，「如果魏琳子不輟唱的話，她一定會走紅。」

「相信她的健康情形恢復後，就會再出來唱的。」諸尚仁說。

尚仁的猜測沒有錯，不過，那是一年後的事情了。那時候，諸尚仁應一家報館之聘，到吉隆坡去做工。有一天晚上，閒着無聊，走去武吉免登律的遊藝場聽歌。時代曲的狂潮仍在洶湧澎湃，聽歌已變成一種風氣，對時代曲有興趣的人固然會經常走去歌台聽歌，即使像諸尚仁那樣對時代曲不十分感到興趣的，只要有空閒，也會走去歌台消磨一兩個鐘頭。就在那天晚上，諸尚仁意外地遇見了魏琳子。

當諸尚仁從麥克風中聽到「魏琳子小姐唱〈玫瑰玫瑰我愛你〉」時，情緒頓時緊張起來。起先，他以為自己聽錯了，後來，魏琳子婀婀娜娜出台時，才知道自己並沒有聽錯。

尚仁心裏說不出多麼的歡喜。

魏琳子胖了。

這一點，與諸尚仁想像中的她，並不符合。在尚仁的想像中，魏琳子既然健康情形不好，一定會比過去更瘦。但是事實證明，魏琳子比一年前胖了。

體重增加後的琳子較前更加嫵媚。諸尚仁睜大眼睛一眨不眨地望着她，好像着了迷似的。

諸尚仁從未單獨一個人走去後台過，這天晚上，他卻單獨一個人走到後台去了。在後台見到魏琳子時，他問：「魏小姐，還認得我嗎？」

「你是諸先生，我怎會不認得你。」琳子微笑着說。

「你的記性很好。」尚仁說。

「鄭先生呢？」

「他還在星加坡。」

「你怎會走到吉隆坡來的？」

「說來話長，」諸尚仁說，「你甚麼時候可以唱完，我請你去吃消夜。」

「應該我請你。」

「為甚麼？」

「一年前，在星加坡的時候，我不是答應請你吃消夜的？」

「但是，」尚仁說，「那天晚上，我失約了。」

「你為甚麼失約？」琳子說，「那天晚上，我唱到十點就可以回家，為了等你，我在後台坐到那齣《牛車水之戀》演完了才走。」

「對不起。」

「那天晚上，既然與我約好了，為甚麼不來看我？」

「報館裏的工作太忙，做到十一點半才收工。」

「那麼，」琳子說，「第二天晚上為甚麼不到歌台來？」

「老鄭到吉隆坡去了，我一個人，不好意思走去找你。」

「老鄭離開星加坡多久？」

「一個星期。」

「老鄭回到星加坡之後，你們有沒有走去歌台找我？」

「有的，」尚仁說，「不過，那時候你不在歌台工作了。」

琳子點點頭：「我回芙蓉去了。」

「有人說你身體不舒服？」尚仁用詢問的口氣說出這句話。

琳子牽牽嘴角，露了一個嫵媚的微笑：「關於這件事，等一下，吃消夜的時候講給你聽。」

「甚麼時候去吃消夜？」尚仁問。

「我還要唱兩首歌，唱完這兩首歌就可以走了，你在歌台外邊等我。」

過了半個鐘頭左右，他們走出遊藝場。諸尚仁問：

「到甚麼地方去吃消夜？」

「如果有車子的話，最好到湖濱園去吧。」

「我有車子——報館的車子。」

「既然這樣，就到湖濱園去吧。」

湖濱園是吉隆坡的植物園，面積相當大，而且佈置得很好。凡是吉隆坡人，想乘涼或吃消夜，都會走去湖濱園。在湖濱園的竹篁旁邊，有不少枱椅。在這個地方吃消夜，實在非常理想。

在竹篁中選了一張桌子後，坐定，就有馬來小童走過來問他們要叫些甚麼東西。琳子要了一碟炒粿條，尚仁則要了一杯龍眼水。

「你怎麼會走到吉隆坡來的？」琳子問。

「這裏的一家報館請我來做工。」

琳子若有所悟地「哦」了一聲之後，露了一個嫵媚的笑容。這地方的燈光十分暗淡，當她發笑時，她的笑容十分迷人。

一個小童端上粿條與龍眼水來。尚仁喝了一口龍眼水之後，問：

「聽說你曾經在後台暈厥過一次？」

「是的。」

「後來就到芙蓉去了？」

「那次在後台暈厥後，才知道自己的健康並不好，第二天走去醫生處檢查，醫生說我右肺有黑點，應該停止唱歌，到清靜的地方去休養。」

「這樣，你回芙蓉去了？」尚仁問。

「我是在芙蓉出世的，」琳子說，「在芙蓉還有一個家。」

「在芙蓉休養了多久？」

「休養了半年左右，我的健康就恢復了。」琳子說，「那時候，有一位名叫張麗麗的紅歌星組織一個班子，在州府作巡迴演出。他們在芙蓉演唱時，見到我，要我參加他們的團體，到北馬去演唱。」

「你答應了？」

「我的健康已恢復，當然要做工的。」

「在北馬演唱多久？」

「有好幾個月了，」琳子說，「從怡保到檳城，再由檳城到亞羅士打，然後沿着東海岸南下——我做夢也想不到在這裏遇見你的。我一直以為你在星加坡。」

「我在星加坡供職的那家報館經濟情況不大好。」尚仁說，「我原想回香港去的，恰好吉隆坡有一家報館改組，負責人到星加坡招兵買馬，找我到這裏來工作。」

「如果我是你的話，我就回香港去了。」

「為甚麼？」

「別人都說香港是個好地方，吃的好，穿的也便宜。」

尚仁笑了：

「將來要是有機會的話，不妨到香港去看看。你們的團體不打算到香港表演？」

「沒有這種打算，不過，我們將於不久的將來在星加坡演出。」

「之後呢？」

「現在正商談中，要是一切都順利的話，在星加坡演出後，我們會到古晉或北婆羅洲去表演。」

尚仁喝了一口龍眼水，用低沉的語調問：

「你們甚麼時候離開吉隆坡？」

「還有三天。」

「還有三天就離開了？」

「這是沒有辦法的事，」琳子說，「團體生活就是這樣富於流動性的。」

「離開這裏後，不知道甚麼時候再見面了。」尚仁無限感慨地說。

琳子歎了一口氣，說：「我並不喜歡這種流動性的生活，不過，參加團體工作的人，都是這樣的。」

聽了這幾句話，尚仁想起了琳子的孩子，說出這樣一句直率的詢問：

「你參加這個班子到各地去巡迴演出，孩子交給誰照顧？」

感到詫愕，琳子睜大眼睛直勾勾地對尚仁呆望了一陣。

「你怎會知道我有一個孩子？」她問。

「凡是認識你的人，都說你有個孩子。」

琳子歎口氣，低着頭，很久很久，才用蚊叫般的聲音答：「交給阿媽去照顧。」

從她的神態中，尚仁看出她不願意再提這件事，只好將話題岔向別處。

尚仁對琳子雖有好感，卻無認識。對於他，琳子依舊是個謎。他有許多問題需要獲得解答。不過，這些問題都是屬感情上，遽爾提出，一定會使琳子感到唐突。沒有辦法，只好談一些不着邊際的話語。

「有沒有回過唐山？」尚仁問。

「沒有。」琳子露了一個淺笑。

尚仁用食指點點自己面前的那杯龍眼水，說：

「龍眼是從唐山來的吧？」

「大概是的。」

「馬來人也吃龍眼？」

「馬來人也吃龍眼，不過，他們將龍眼稱作貓眼。」

「那倒是很容易解釋的，」尚仁說，「龍是一種象徵。馬來人對龍的印象當然不及中國人對龍的印象深。」

接着，話題轉到馬來食品上面。琳子問：

「喜歡不喜歡吃咖喱？」

「不大喜歡。」

「不喜歡吃咖喱的人，在星馬一定住不長。喜歡不喜歡吃榴槤？」

「也不喜歡。」

「你在這裏一定住不長，」琳子笑得很媚，「許多人都這樣說：凡是新客，要是吃不慣榴槤的話，遲早終歸要回唐山去的。」

「但是，」尚仁說，「我在這裏已經住了一年多。我很喜歡星加坡與吉隆坡。」

「吃過參末與沙爹沒有？」

「吃過的。」

「怎麼樣？」

「也不覺得好吃。」

「有沒有吃過馬來人的椰漿飯？」

「吃是吃過的，但是，一點也不喜歡。」

琳子忍不住格格笑了起來，邊笑邊說：「我相信你在這裏是住不長的，你一定會回香港去的！」

尚仁也笑了。「這是誰也不能預料的。」他說，「如果報館炒我魷魚的話，我只好回香港去了。」

琳子將頭搖得如同撥浪鼓一般：「我不是這個意思，請你千萬不要誤會。我的意思是，你吃不慣咖喱、榴槤與椰漿飯，就無法在這裏長住的。」

「說起來，你也許不相信。」

「甚麼？」

「報館已寫了一封公函給移民廳，替我申請長期居留。」

「有可能批准嗎？」

「報館的經理說，有極大的可能會批准。」

「話雖如此，即使批准了，我相信你也會回香港去的。」

「我喜歡吉隆坡，更喜歡星加坡。如果我在這裏娶一個當地的華人女子的話，我一定不會回去了。」

「你還沒有結婚？」琳子眼睛睜得又大又圓。

「還沒有。」

「有沒有愛人？」

「連比較接近的女朋友也沒有，哪裏會有愛人。」

琳子不再說甚麼，臉上露着似笑非笑的表情。尚仁忽然感到窘迫，兩頰熱辣辣的。在女人面前，他總是這樣易於含羞。經過一番難堪的噤默後，琳子提議在園中散步。尚仁當即將錢付給馬來小童。

湖濱園很大。所有的花草樹木都是經過安排的。這天晚上，有星無月。但在小徑上行走時，憑藉遠處射來的一點點光華，使他仍能辨出那些修飾得很整齊的花草樹木。吉隆坡雖然位於赤道邊緣，晚上的氣溫卻不高。尤其是中宵過後，露水下降，使他們產生了「夜涼似水」的感覺。對於久居熱帶的人，這當然是一種極好的享受。尚仁常在白天遊公園，深夜在公園漫步，這是破題兒第一遭。何況，還有琳子陪着他。尚仁並不愚蠢，當然看得出琳子對他頗有好感，但是，他一向不是一個輕佻而感情草率的人，即使處在這樣的環境中，依舊無法衝破介於他們之間的那道無形的牆。正因為這樣，琳子對尚仁的印象特別好了。琳子是一個歌星，雖不能算是走紅的歌星，因為長得漂亮，追求她的人一定很多。她所遇到的男子，多數屬餓虎型，像尚仁那樣斯文的，以前還沒有遇見過。

「喜歡不喜歡時代曲？」她問。

「不大喜歡。」

「那麼，你一定不喜歡唱時代曲的人了？」

「這是不同的。」

「甚麼不同？」

「時代曲與唱時代曲的人當然不同。」

「你為甚麼不喜歡時代曲？」

「我討厭時代曲的庸俗感。」

「你一定認為唱時代曲的人也很庸俗了？」

「有些唱時代曲的人確是相當庸俗，有些唱時代曲的人一點也不庸俗。」

「我呢？」琳子用打趣的口氣問，「我庸俗不庸俗？」

「不，」尚仁說，「你一點也不庸俗。」

「這樣說來，你不會不喜歡我了？」

尚仁聽了這句問話，恨不得將琳子摟在懷中，吻她。但是，他沒有這樣做。他極力控制着自己，因為他知道琳子並不是一個輕浮的女人。他只說了這麼一句：

「我當然喜歡你的。」

「真的？」

「我沒有理由撒謊。」尚仁說。

琳子仰起頭，發出一連串嘹亮的笑聲。尚仁不知道她為甚麼發笑，只覺得她的態度與平時稍稍有點不同。

湖濱園的面積很大，在園中漫步，尤其是深夜過後，往往會在不知不覺間過了兩個鐘頭。由於光線黝暗，賞花當然不可能。他們只是在園中漫無目的地行走。他們的談話範圍很廣，琳子講了一些關於自己的事情給尚仁聽，尚仁也講了一些關於自己的事情給琳子聽。他們的精神都很好，一點倦意也沒有。但是，走了一兩個鐘頭後，琳子覺得腿瘦了。

躺在草地上，琳子用兩手當作枕頭枕在後腦。

「怎麼啦？」尚仁問。

「腿彎有點瘦。」

「我送你回去。」

「我願意在這裏休息一下。」

「草地上有露水，弄濕了衣服，會着涼。」尚仁說。

琳子當即站起身，挽着尚仁的手臂朝停車處走去。進入車廂，尚仁問：

「你住在遊藝場？」

「是的，全體團員都住在遊藝場。」

尚仁發動車子的引擎，朝遊藝場駛去。約莫過了二十分鐘，車子抵達遊藝場。分手時，尚仁問：

「明天下午有空嗎？」

「怎麼樣？」

「如果明天下午有空的話，我們一同到光藝戲院去看一場電影。」

「明天可能要排戲，」琳子說，「如果不排戲的話，我可以陪你去看電影的。」

「明天下午兩點，打電話給你。」

「遊藝場的歌台沒有電話。」琳子說，「你要是打到寫字樓去的話，就相當麻煩了。還是我打電話給你吧。」

「你知道我們報館的電話號碼？」

「買一張報紙查看一下，不就知道了。」

尚仁回到報館，夜將盡。沖個涼，上床，一合眼便沉沉入睡。醒來，已是翌日中午。洗盥過後，還沒有吃中飯，電話鈴響了。

一如尚仁所料，打電話來的，正是琳子。

「怎麼樣？」尚仁問，「排不排戲？」

「今天要排戲的。」

「排到幾點？」

「不知道。」

「六點左右我到遊藝場去接你，然後一同到半山芭的大同去吃晚飯。」

「時間太局促，吃過晚飯還要趕回來唱歌，不如唱完歌去吃消夜吧。」

尚仁說聲「好的」，將電話擱斷，他知道琳子就要離開吉隆坡了，吃過中飯，走去蒙巴登律的惠羅公司買了一枚式樣很別致的胸針，打算送給琳子，作一個紀念。

這天晚上，尚仁將報館的工作做得特別快，十點剛過，就趕去歌台找琳子。在後台見到琳子時，琳子說：

「為甚麼這樣早走來？」

尚仁並不答覆她的問話，只問：

「你甚麼時候唱完？」

「今晚的戲裏缺少一個女角，他們要我飾演，我只好參加演出。看樣子，要到十一點半才能演完。」

尚仁聳聳肩，走去前台看戲了。這雖然是一齣文明戲式的戲，但是琳子在戲中的表演倒是相當不錯的。琳子的歌，尚仁已聽過幾次了；琳子的「戲」，尚仁還是第一次看到。將歌與戲比較一下，尚仁覺得琳子的「戲」比「歌」好。

在甘榜峇魯吃消夜的時候，尚仁說：

「你要是能夠獲得更多演戲的機會，一定會有更好的成就。」

「你在取笑我。」

「沒有理由取笑你。」

「我從來沒有演過戲。」

「這一點就證明你有演戲的天才。」

琳子笑。尚仁的臉上卻有嚴肅的表情。兩人的看法有着顯著的不同。尚仁認為，像琳子這樣有演戲天才的人，應該設法充實自己，在戲劇上謀發展才對。但是，琳子很自卑。

「我出來唱歌，完全為了生活。像我這樣的人，能夠有人聘請，應該算是非常幸運了。」

這時候，夥計端了兩碗魚頭米粉走來，放在他們面前。尚仁不再說甚麼，拿起筷子吃米粉。

在甘榜峇魯吃消夜，與在湖濱園吃消夜，情調完全不同。湖濱園是一座公園，十分清靜，在那裏吃東西，令人產生與塵世隔絕的感覺，但是甘榜峇魯的情形恰好相反。在甘榜峇魯吃消夜的地方是一條街，許多熟食店將電燈拉到外邊，就在人行道上放一些桌子與凳子。走來吃消夜的人，可以坐在店內，也可以坐在店外。其情形，與香港的大牌檔十分相似。

吃米粉時，琳子沒頭沒腦問：

「喜歡吉隆坡，還是星加坡？」

「兩個地方都好，」尚仁說，「星加坡有星加坡的好，吉隆坡有吉隆坡的好。」

「與香港比起來你喜歡哪一個城市？」說出這句問話後，琳子覺得語焉不詳，又補充了這麼幾句，「我的意思是，如果讓你選擇一個久居的地方，你在這三個城市中，選擇哪一個？」

「三個城市，各有各的好處，」尚仁說，「如果一定要在三個城市中選擇一個的話，我會選擇星加坡。」

「不喜歡香港？」

「香港是一個聲音城市，到處充滿了嘈雜的聲音。在香港，清靜是一種奢侈品。」

「吉隆坡是一個清靜的城市。」

「不錯。喜歡清靜的人，應該選擇吉隆坡。不過，作為一個大城市，吉隆坡似乎缺乏繁華感。」

「香港聽說是一個繁華的地方。」

「太繁華了，」尚仁說，「所以，我比較喜歡星加坡。」

「這樣說來，你會回到星加坡去的？」

「只要能夠在星加坡找到一個待遇較好的工作，我會回星加坡的。」

「再過一個多月，我們就會在星加坡表演了。」

「你們在吉隆坡演到幾時為止？」

「明天晚上。」

「演完就離開吉隆坡？」

「演完就搭車到芙蓉去。」

「在芙蓉演幾天？」

「一個星期左右。」琳子說，「芙蓉演畢後，到馬六甲去。馬六甲演畢後，到柔佛去。然後在星加坡演唱。」

「在星加坡演唱多久？」

「半個月。」

「之後呢？」

「到古晉與北婆羅洲去。」

「甚麼時候回來？」

「很難講。」

「回來後，住在星加坡，還是芙蓉？」

「我還沒有考慮過這個問題。」

「換句話說，分手後，就不知何年何月再見了。」

「我會寫信給你的。」

「好極了，」尚仁說，「不過，你們的生活充滿了流動性，收到你的來信後，我無法寫回信給你。」

「有辦法的，」琳子說，「我會在信中將我們的路線與演出日期告訴你，你在發信的時候計算一下日子，我一定可以收到你的來信。」

尚仁忽然產生一種惆悵之感，將錢付給夥計後，對琳子說：

「讓我送你回去吧。」

「好的。」

車子抵達遊藝場，琳子正要打開車門時，尚仁柔聲喚叫她。琳子轉過臉來，對尚仁投以詢問的凝視。

尚仁從口袋裏掏出那枚胸針，遞與琳子。

琳子感到意外，問：「送給我？」

「送給你，作個紀念。」尚仁說。

琳子情不可禁地在尚仁臉頰上吻了一下。尚仁當即將她摟在懷中，吻了她。

有如一隻受驚的兔子，琳子將尚仁推開後，打開車門，疾步奔入遊藝場的大門，尚仁睜大眼睛望着愈奔愈遠的琳子，久久不發動車子的引擎。他的心，頓時亂了起來。

回到報館，依舊不能獲得片刻的寧靜。

「如果琳子能夠在吉隆坡繼續唱下去的話，該是一件多麼美好的事情。」他想。

事實證明，這是一個奢望。魏琳子既是那個團體的一份子，當然不能獨個兒留在吉隆坡。

第二天晚上，諸尚仁從報館走出後，趕去歌台找琳子。

「我請你去吃消夜。」

「不能陪你去吃消夜了。」琳子用歎息似的聲音說。

「為甚麼？」

「演完戲之後，立刻要動身到芙蓉去了。」

聽了這句話，尚仁非常失望。

後台空間不大，那些工作人員又顯得非常忙碌，尚仁自不便繼續逗留。

「我走了。」他說。

「好的，」琳子說，「我會寫信給你。」

尚仁掉轉身，朝前走了幾步之後，琳子忽然將他喚住了。

「甚麼事？」尚仁問。

琳子用興奮的口氣說：

「我們在星加坡公演的時候，你可以向報館告兩三天假，走去星加坡找我。」

尚仁點點頭：「如果報館肯准我告假的話，我一定走去看你。」

琳子這才露了一個安慰的微笑，笑得很媚。尚仁無限依依地對琳子呆望了四五秒鐘之後，走出後台。當他疾步走出遊藝場時，好像又有千言萬語要跟琳子講了。不過，他沒有回到歌台去找琳子。他只是將車子駛去湖濱園，在湖濱園中踱步，踱了一個多鐘頭，才回報館。回到報館，卻有一個失眠之夜。

過了一個星期，接到琳子從芙蓉寫來的信。信的內容很簡單，只有這麼幾句：

「……我們在芙蓉的演出很成功，每晚都滿座，看樣子，聽眾們對時代曲的興趣不但不減，反而更加濃了。你怎麼樣？有沒有走去歌台聽歌？……」

信尾是通信地址。

尚仁當即寫了一封覆信給琳子，信的內容也很簡短，只說：

「……你離隆後，我曾經聽過一次歌。這裏歌台的生意也很好，有一位香港歌星唱的時代曲，很受聽眾歡迎……」

信是寄去馬六甲的。不過，信寄出後，並沒有接到琳子的覆信。尚仁不免有點失望。

尚仁一向不大喜歡時代曲。結識琳子之後，每當無聊時，也會走去歌台聽歌。時代曲在星馬一帶非常流行，幾乎每一個埠都有歌台。不但如此，麗的呼聲與廣播電台也經常有時代曲播出。尚仁在編輯部做完工作，有時也收聽時代曲作為一種消遣。

琳子在星加坡演唱，是一個半月以後的事。尚仁以為琳子會寫信給他，結果沒有。關於琳子的動態，尚仁是閱讀娛樂性報紙時獲悉的。那時候的星加坡，側重娛樂報道的小型報紙相當多。尚仁收不到琳子的來信，唯有閱讀娛樂報紙。

娛樂報紙對琳子個人的報道，並不多。因為琳子不是一個紅歌星。不過，當他們在星加坡演出時，有一家小型報紙刊出了一則報道，說琳子與一個名叫尹鯨的男歌星很接近。

讀了這一則報道之後，不能不想起琳子在離開吉隆坡時跟他說過的話。那時候，琳子對他說：

「我們在星加坡公演的時候，你可以向報館告兩三天假，走去星加坡找我。」

當時，尚仁確有到星加坡去玩兩三天的打算。但是現在，琳子既已在星加坡演唱，卻連一封信也不寫給他。從這一點看來，若非琳子已忘掉自己講過的話，那張娛樂報紙的報道一定是事實了。

雖然與琳子談不上甚麼交情，不過，事情有了這樣的發展，尚仁總有點不大舒服。不止一次，尚仁對自己說：

「不能將希望寄存在她的身上。」

話雖如此，尚仁依舊常常閱讀那些娛樂報紙，希望借此能夠知道一些有關琳子的消息。

關於琳子的消息並不多，偶爾有一兩則，總是將她與那個姓尹的男歌星扯在一起。

這些時日，報紙上刊出消息，說是琳子跟隨那個班子到古晉去演唱。那個名叫丹鯨的男歌星是在星加坡參加這個班子的，因此也到古晉去了。

琳子愈走愈遠，卻連一封信也不寫給尚仁。尚仁對琳子的思念一天淡似一天。

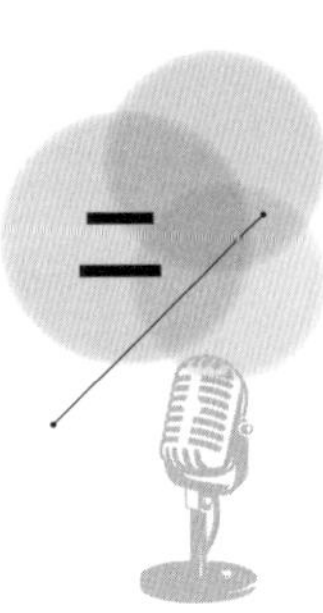


不久，有一個來自香港的歌舞團在吉隆坡演出。這個歌舞團有一個名叫利莉的歌女拿了一封介紹信走去報館找諸尚仁。從這封介紹信中，尚仁知道這個利莉原來是舊日同事利子良的女兒。尚仁在香港時，雖與子良同在一家報館做事，卻從未見過他的女兒利莉。

使他感到意外的是，利莉不但長得高高大大，而且具有一種成熟美。

「你到星馬來演唱，」尚仁說，「為甚麼事先不叫你父親寫封信給我？」

「他已死了。」

「甚麼？」尚仁大吃一驚，「你父親已不在人世？」

「去年患腦充血死的。」

「這……這倒是一件意想不到的事。」尚仁說。

「因為阿爸死了，我才走去學時代曲。」

「學了多久？」

「三個月。」

「學了三個月就出來唱了？」

「這是沒有辦法的事。」利莉臉上出現憂鬱的表情。

尚仁仔細端詳利莉，覺得利莉很像她的父親利子良。不過，子良在世時，不能算是一個英俊的男人，但利莉卻長得相當美麗。正因為這樣，尚仁倒也有點好奇了。他很想聽聽這位只學過三個月的新歌星究竟唱得怎麼樣。

「今天晚上，你要是沒有別的事情，我請你到大同去吃飯。吃過飯，我會走去參觀你們的演出。」他說。

利莉稚氣地點點頭，接受了尚仁的邀約。在走出報館之前，她將住址寫給尚仁。

「好極了，」尚仁說，「我六點鐘去接你。」

利莉與歌舞團的團員寄宿在武吉免登律的一家小酒店裏，距離中華遊藝場很近。尚仁於五點半離開報館，抵達那家酒店時，才不過五點五十分。當他走進酒店時，他發覺酒店雖小，氣氛卻非常熱鬧，有人在唱歌，有人在跳舞，有人在背台詞，有人在高談闊論。

在一個小房內找到了利莉。

利莉正在與團長談天。歌舞團的團長姓尤，是個女人，年紀已不輕，卻搽着太濃的脂粉。利莉介紹團長與尚仁相識時，說尚仁是她父親的好朋友。尤團長當即尖着嗓子說：

「既然這樣，就該送塊金牌給亞莉了！」

尚仁堆上一臉不很自然的笑容，轉過臉去問利莉：

「可以走了吧？」

利莉點點頭。

尤團長用緊張的口氣問：「到甚麼地方去？」

利莉終究年紀輕，不懂事，聽了尤團長的問話，竟作了這樣直率的回答：

「諸叔叔請我到大同去吃飯。」

這樣一來，尚仁不能不對尤團長作禮貌上的邀請了：

「尤團長，一起去吃飯，好不好？」

尤團長笑得眼鼻皺在一起，說：「謝謝，謝謝，改天由我來請，但不知諸先生肯不肯賞面？」

諸尚仁用打趣的口氣說：「尤團長請我吃飯我一定到。」

尤團長用歉意的語調說：「非常對不起，諸先生。我們團體今天剛到吉隆坡，有許多瑣碎事情要做，改天陪你吃飯。非常對不起。」

利莉接口便說：「既然這樣，我們走吧。」

走出酒店，由尚仁駕車前往大同酒家。尚仁選擇大同酒家請利莉吃飯，有兩個理由：（一）大同是廣東菜館，而利莉是來自香港的，香港人總比較喜歡吃廣東菜；（二）大同酒家是位於半山芭，距離武吉免登律不遠。

在大同的一隻八仙桌邊坐定，尚仁向夥計要了三菜一湯。利莉天真地說：「在星加坡的時候，覺得樣樣都好，就是吃的東西不習慣。」

「你不喜歡吃咖喱？」

「所有辣的東西，我全不喜歡。」

「沙爹與粿條呢？」

「也吃不慣。」

「有沒有到廈門街去吃蝦麵，或者海邊吃魚丸粉絲？」

「吃是吃過的，也不覺得好吃。」

尚仁忍不住笑了起來，邊笑邊說：「你在香港時吃多了廣東菜，已養成一種習慣，吃別的東西總不對胃口，其實，南洋有許多食品都極具特色。」

「大同酒家賣的是廣東菜？」她問。

「是的，」尚仁說，「在吉隆坡，廣東菜館比星加坡多，大同是比較出名的一家。」

「這樣說來，在吉隆坡公演期間，我可以每餐都吃得飽飽的。」

尚仁從口袋裏掏出煙盒，遞一支給利莉。他以為利莉一定會搖頭的，想不到她竟將香煙用相當熟練的手法接了過去。尚仁「搭」的一聲撥亮打火機，替她點上火，然後自己點上一支。

「第一次到南洋來？」尚仁將話隨同煙靄吐出。

利莉點點頭。

「喜歡星加坡，還是吉隆坡？」

「兩個地方都好，」利莉說，「除了吃東西不習慣之外，這裏比香港好得多了。香港太亂，太嘈雜。我喜歡清靜，星加坡與吉隆坡都很清靜。」

「如果有辦法讓你在星加坡或馬來亞長住的話，你願意在這裏長住嗎？」

「我願意，」利莉又吸了一口煙，「不過，別人都說，這裏的長期居住不容易拿到。」

「像你這樣，倒是並不困難的，只要在這裏找到一個合適的對象，到婚姻註冊所去登記，就可以在這裏長住了。」

「諸叔叔，你在跟我開玩笑！」

「不，我並不跟你開玩笑，」尚仁說，「我自己也是從香港來的，直到現在還沒有拿到長期居留。不過，據我所知，有幾個來自香港的女歌星卻已拿到了長期，因為她們與當地的居民結婚。」

利莉終究是個少女，聽了這幾句話，羞得滿面通紅。那種嬌羞的神態，使尚仁更加覺得她美了。一般人在描述少女之美時，總喜歡用「含苞待放」四個字，但是此刻的尚仁，在凝視利莉時，彷彿見到了一朵盛開的玫瑰花。

「如果歌星的色比藝更重要的話，利莉一定會走紅的。」尚仁想。

夥計端菜來。尚仁問利莉：「喝不喝酒？」

對於尚仁，這只是禮貌上的詢問，想不到利莉竟答了這麼兩句：

「你要是想喝的話，我陪你喝一杯。」

「你想喝甚麼？啤酒？」

「隨你的意，拔蘭地與威士忌都可以。」

尚仁向夥計要了兩杯拔蘭地之後，望望利莉。他發現未施脂粉的利莉尚且這樣美麗，盛妝艷服的利莉不知道美成甚麼樣子。「今天晚上，」他想，「一定要走去聽一次歌。」這樣想時，夥計將酒端來了。尚仁舉起酒杯，邀利莉共飲。他喝了一口，利莉也喝了一口。

「你阿媽沒有跟你來？」尚仁問。

「沒有。」利莉答。

「你年紀這樣輕，跟隨歌舞團走到星馬來，她放心得下？」

「這是沒有辦法的事。」利莉說，「自從阿爸離開人世後，我們家裏的經濟情況壞到極點。我走去學唱時代曲，也是阿媽的意思。我本想走去工廠做工的，但是，阿媽認為做一個歌女，只要走紅，收入一定比工廠妹好得多。諸叔叔，你知道我離開香港時阿媽對我說些甚麼？」

「她對你說些甚麼？」尚仁問。

利莉頓了頓，將冒升至喉嚨口的感情咽下後，用蚊叫般的語調回答尚仁的問題：

「她說星加坡與馬來亞隨街都是百萬富翁，只要眼睛睜得大些，嫁一個百萬富翁，是一件非常容易的事情。」

尚仁舉起酒杯，呷了一口酒。雖然沒有立刻開口，心裏卻有這樣一個思念：

「她的母親在經濟上一定遇到過太多的困難。」

不過，他沒有將這兩句話講出，只是這樣問：

「你自己的意思呢？」

利莉似乎聽不懂尚仁的問話，睜大眼睛對尚仁投以詢問的凝視，等他作進一步的解釋。尚仁見利莉不答話，只好補充這麼幾句：

「你的意思怎麼樣？你寧願為了錢嫁給一個不被你所愛的男人，還是為了愛情嫁給一個沒有錢的窮光蛋？」

「我一定要嫁給一個被我所愛的男人，至於對方是否有錢，不是一個重要的問題。」

「但是，」尚仁說，「聽你剛才所講的，你阿媽很希望你能夠嫁給一個百萬富翁。」

「這是我自己的事情，當然不能完全由她做主。」利莉用堅定的口氣說。

尚仁對利莉是沒有甚麼認識的，從這一次簡短的談話中，他對利莉的為人多少也看出了一些。如果利莉的固執並不完全基於天真的話，她倒是一個個性相當強的少女。尚仁喜歡有個性的女人，因此對利莉的「第一感」非常良好。

由於利莉趕着要去參加演出，吃過晚飯後，尚仁立刻送她到遊藝場去。利莉說：

「諸叔叔，你要是有空的話，今晚來參觀我們的演出。」

「今晚我休息，不必回報館去做工。」

「好極了！」利莉說，「我去拿一張戲票給你。一張夠不夠？如果你要請朋友一同來看的話，我可以多拿幾張。」

「拿一張就夠了。」

利莉走去售票處拿了一張戲票給尚仁之後，問：

「我要到後台去化妝了，你想不想到後台去坐坐？」

尚仁微笑着說：「今天是你們在吉隆坡公演的第一晚，大家一定很忙，我不想到後台去打擾你們了。等一下，我在前台聽你唱歌。」

「我唱得不好的地方，你一定要指點我的。」利莉說。

尚仁又露了一個笑容，走去浪吟台邊看馬來人跳浪吟。尚仁對浪吟舞感到興趣，正因為浪吟舞與當時流行的交際舞不同。當時，流行的交際舞像狐步舞、探戈、華爾茲之類，男女雙方都是緊貼着身子的。但是，浪吟舞不同。跳浪吟舞的男女，雖然按照音樂的節拍跳舞，卻保持着一定的距離，雙方的身體並不接觸。這種舞姿，與今日流行於世界各地的阿哥哥與靈魂舞，倒是有點相似的，男女雙方在起舞時，身子並不接觸。如果現在有人到星馬地區去旅行，見到馬來人跳浪吟舞一定不會覺得十分新鮮。但是，尚仁看到浪吟舞是在二十年前，那時候，阿哥哥與靈魂舞還沒有流行，當然會使他們對這種不接觸身體的交際舞感到新鮮。

站在浪吟台邊看馬來人跳浪吟，對尚仁來說，與看戲沒有甚麼不同。那些穿着紗籠的馬來女人與那些頭戴宋谷的馬來男人，一對又一對，依照長桶鼓發出來的節拍，齊進齊退，煞是好看。

看過浪吟舞，百無聊賴地在遊藝場裏漫步。遊藝場裏的遊客相當多，氣氛很熱鬧。熟食檔的生意特別好，甚至電影院與粵劇台也擠滿了人。場內有不少商店與茶檔，生意都不差。

到了八點，走進歌台去看那個香港歌舞團的表演。這是公演的第一晚，許多吉隆坡人懷着好奇心走去參觀，使這個面積並不大的歌台一下子就坐滿了觀眾。賣座的情形很好，可能超乎歌舞團主持人的預期。

這班歌舞團的節目雖然相當熱鬧，但是演出水平並不高。歌與舞，都很平常。尤其是歌，遠不及星馬的歌唱水平。星馬的歌星，像舒雲、像潘秀瓊都很出色。那些香港歌星，除了一兩位老牌歌星外，其餘的都像利莉那樣，臨渴掘井，學幾個月就走來表演了。不過，觀眾們都很好奇，總覺得外地來的歌舞團是好的，而本地薑則永遠不辣。其實，星馬歌壇的人才並不少，張萊萊、關新藝、路丁、白言、王沙、野峰等，都是相當優秀的藝人。

尚仁也是從香港到南洋去的。但是，看了這個歌舞團的演出後，不能不感到失望。

第二天中午，剛冲過涼，利莉就打電話給他了。

「諸叔叔，你有空嗎？」利莉用嬌滴滴的口氣問。

「怎麼樣？」尚仁問。

「我要你請我吃中飯！」利莉說。

「好的，」尚仁說，「你在酒店等我，我去接你。」

半個鐘頭過後，他們在惠羅公司附設的餐廳進餐。利莉稚氣地問：

「你覺得我唱得怎麼樣？」

「很不錯。」

「你在取笑我。」

「不，絕對不是取笑你，」尚仁說，「我講的是真話。一個只學過三個月的人能夠有這樣的成績，應該算是很好了。」

「我知道我唱得不好。」利莉說。

「你會變成一個紅歌星的。」尚仁說。

「為甚麼？」

「當你站在麥克風前時，注光燈的光芒集中在你的身上，你像一朵盛開的花。」

「你的意思是，我的外形好，所以會變成一個紅歌星？」

「可以這樣說。」

「我的看法與你不同。」利莉說，「我認為一個紅歌星的首決條件是必須將歌唱好。如果歌藝太差的話，即使外形美到極點，也不能成為一個紅歌星。」

尚仁忍不住笑了起來。利莉問他：

「為甚麼發笑？」

「據我所知，走去歌台聽歌的人，只有極少數是花了錢去欣賞歌藝的。」

利莉依舊不同意尚仁的看法，但也不再與尚仁爭辯。這不是重要的問題，不必急於求取結論，為這個問題而爭辯，實無必要。利莉雖然年輕，卻不愚騃。為了避免引起不必要的爭論，故意牽牽嘴角，露了一個淺若燕子點水的笑容，將話題岔向別處：

「諸叔叔，你結婚已有多久？」

「我還沒有結婚。」

「為甚麼不結婚？」

「找不到合適的對象。」

「你在選擇對象時，一定有太多的條件。」

「條件是沒有的，」尚仁說，「問題是，感情這樣東西，極難把握。我愛的人，她不愛我；愛我的人，我又不愛她。」

「你有女朋友嗎？」

「可以說有，也可以說沒有。」

「這是甚麼意思？」

「我的意思是，女朋友是有的，不過，感情特別好的女朋友卻一個也沒有。」

利莉臉上的表情忽然嚴肅起來了。她說：「諸叔叔，你需要有個女人照顧你。」

尚仁聳聳肩，不再說甚麼。吃過午餐，尚仁在惠羅公司的化妝品部買了一隻粉盒給利莉。尚仁並沒有忘記尤團長要他送金牌給利莉的話語，不過，他覺得送金牌給歌星是一件非常俗氣的事情。

走出惠羅公司，利莉要尚仁帶她去參觀吉隆坡的名勝。尚仁首先帶她到精武體育會去，繼而到建築雄偉的中央火車站去喝茶。然後到峇都急去參觀。峇都急就是黑風洞，是個很值得參觀的地方。

夜色四合，回到市區，在峇都律的李旺記飯店吃晚飯。吃過晚飯，送利莉到遊藝場去，分手時，利莉說：

「甚麼時候帶我到巴生去吃螃蟹？」

「甚麼時候都可以。」

「明天下午，行不行？」

「好的，只要你有空，明天下午陪你到巴生去。」

「幾點？」

「十二點，你在酒店等我。」

事情就這樣決定。利莉走入遊藝場，尚仁駕車回報館。在回報館的途中，尚仁心情很愉快。這種愉快的心情，只有在愛情闖入心房時才會產生。不過，尚仁的理智仍能保持應有的清醒。他知道，將希望寄存在一個少女身上，當然不是聰明的做法。

這天晚上，當他在編輯部工作時，總不能集中精神去編報。利莉的笑容常常出現在他的腦子裏，使他感到困擾。

看過大樣，只不過十點半。他想趕去遊藝場，找利莉到甘榜峇魯去吃消夜。但是，他沒有這樣做。

第二天中午，他駕車到武吉免登律去接利莉，然後一同到巴生港口去吃螃蟹。

車子在平坦的公路上疾駛時，利莉老是睜大眼睛觀看路邊的景色。

從吉隆坡到巴生港口的那條路上，有許多膠園。利莉久居香港，從未見過樹膠樹，更不知道膠液是怎樣割取的。尚仁一邊駕車，一邊將樹膠的製作過程講給她聽。她聽得入神，彷彿尚仁敘述的是一段情節緊湊的故事。尚仁說：

「樹膠是馬來亞的經濟命脈。如果將馬來亞喻作一個人的話，那麼樹膠就是這個人的身體上的血管與血液了。」

「這一帶，膠園特別多？」利莉問。

「別的地區也有許多膠園，」尚仁說，「就我記憶所及，全馬來亞約有三百多萬畝膠園。」

「既有這麼多的膠園，產量一定相當多了。」利莉說。

「正確的數字，我已記不清楚，不過，每年的產量絕不會少過六十萬噸。」

利莉偏過臉去望望尚仁，然後提出這樣一個直率的問題：

「你也是從香港來的，怎會對這種事情這樣清楚？」

「難道你忘記了？」尚仁說，「我是一個新聞從業員。」

利莉笑。尚仁也笑了。然後他們又談了一些關於馬來亞的風俗習慣，諸如馬來人的婚俗、割禮、「掛沙月」、榴槤的傳說之類……

談呀談的，車子抵達巴生港口。尚仁將車子駛入遊藝場，泊在停車處。然後走去一家菜館，吃螃蟹。

螃蟹並不如利莉想像中那麼好吃。不過，利莉的心情很愉快。她說她願意與尚仁在一起。

聽了這話，尚仁問：「你們在吉隆坡演到甚麼時候為止？」

「一個星期。」利莉說。

「如果票房紀錄特別高的話，會不會延期？」尚仁問。

「我也不知道。」

「昨天晚上的成績怎麼樣？」

「與第一晚一樣，也賣了個滿堂。」

「看樣子，你們的演出很受歡迎。」

「生意好壞，與我們沒有多大關係。」

「最低限度，不至於連薪水也拿不到。」尚仁說。

「要是拿不到薪水的話，那就慘了。」

「據報館裏的一位同事告訴我，去年也有一班香港歌舞團走到南洋來演出。起先，因為觀眾們的好奇心未消，生意還過得去。後來，演期拖得太長，觀眾們的好奇心消失了，生意壞到極點，團長弄得焦頭爛額，連酒店的租金都付不出，哪裏還有薪水付給團員？結果只好改為兄弟班，才渡過了難關。」

這一番話，有如一桶冷水，從頭上澆下來，使利莉一連打了兩個寒噤。

「但願我們的團體不要發生這種情形。」利莉說。

利莉就是這樣一個頭腦單純的少女，對世事的複雜與多方，實在是不怎麼了解的。唯其如此，尚仁對她更有好感。如果不是因為年齡的差別太大，他一定會設法衝破這感情隔閡。

尚仁想到了一個問題。

「昨天，你問我有沒有女朋友，現在，我要坦白告訴你一件事了。」他說。

「甚麼事？」利莉問。

「你有男朋友嗎？」尚仁不自覺地將嗓子壓低了，彷彿這是一件機密的事情。

利莉搖搖頭。尚仁說：

「在吉隆坡，我相信你沒有男朋友，但在香港，像你這樣美麗的少女，絕不會沒有男朋友。」

「你講錯了。」她說，「事情恰好相反，在香港，我一個男朋友也沒有，但在吉隆坡，倒是有一個男朋友的。」

「在吉隆坡有個男朋友？」

「是的。」

「他是誰？」

利莉格格笑了起來，笑了一陣，正正臉色，用近似開玩笑的語氣說出三個字：

「就是你！」

尚仁完全沒有想到利莉會說出這樣一句話的，在驚詫中對利莉呆望了半天，然後用戲謔的口氣問：

「你不是想嫁一個百萬富翁的？」

「這是阿媽的意思。」

「你自己呢？」

「我認為男女結合必須用真摯的感情作基礎。」

「這種看法太不現實了。」

「阿爸離開人世後，我們的經濟情況一直很差，但是我總覺阿媽的看法未必對。」

尚仁見利莉的態度愈說愈認真，只好一本正經對她說了這樣的話：

「你還年輕，應該將精神集中在工作上面。你既然做了職業歌星，就該設法求取歌藝的進步。」

利莉扮了一個鬼臉，使尚仁益感困惑。尚仁不明白她的動作代表甚麼意義。事實上，尚仁與利莉的父親雖是同事，對利莉卻是一點認識也沒有的。他不知道利莉究竟是怎樣的一個少女。

在這種情形下，除非尚仁不想了解利莉，否則，就該作一些試探的詢問，然後從她的答覆中去認識利莉的個性。

在談話中，尚仁可以確實的，只有一點：利莉很坦率。

尚仁一向喜歡坦率的女性，對利莉更加有好感了。不過，理智告訴他，將希望寄存在利莉身上，是不對的。

儘管利莉企圖衝破那道感情的隔閡，尚仁總不敢給她太多的鼓勵。

在巴生港口玩了兩個鐘頭，駕車回吉隆坡。利莉問：

「今晚來聽歌不？」

「我要編報。」

「甚麼時候下班？」

「十一點左右。」

「下了班到後台來接我。」

「為甚麼？」

「我要你請我去吃消夜。」

尚仁不想給利莉鼓勵的，但是怎樣也沒有勇氣拒絕利莉的邀約。

回報館的途中，尚仁腦子裏充滿了矛盾的思念。這些矛盾的思念，有如兩個敵對的團體，陷入交戰狀態，使他感到極大的困擾。對利莉有好感是事實，但理智告訴他，將希望寄存在利莉身上，是一個錯誤的決定。

縱然如此，到了晚上，看過大樣，還是依約走去遊藝場找利莉了。走入後台，東張西望，不見利莉。這件事，使他感到意外。

尤團長走過來。尚仁迎上前去。起先，尤團長只覺得尚仁有點面熟，卻想不起曾經在甚麼地方見過他，後來，尚仁提及利莉時，她才若有所悟地「哦」了一聲，說：

「利莉去吃消夜了。」

「跟誰一起去的？」

「兩個頭家。」

「哪兩個頭家？」

「都是很有地位的，不過，我記不起他們的姓名了。」

「你怎麼可以讓利莉陪兩個不相識的男人去吃消夜？」尚仁說出這句話時，語氣很難聽。

尤團長聳聳肩，顯然不願意接受尚仁的指摘，但是，她說出的理由，幼稚得可憐。

「為甚麼不可以？他們都是有錢人。」

尚仁很生氣，掉轉身，大步走出後台。他不能接受尤團長的看法，更不能接受利莉陪兩個不相識的男人去吃消夜的事實。他很激動。走出遊藝場後，並不立刻回報館，只是駕着車子到處亂兜。他不知道為甚麼這樣做，卻毫無目的地做了。

當他回到報館時，已是凌晨兩點，應該睡覺了，卻不睡。

編輯部的工作人員都已走了，一盞電燈也不開。尚仁坐在黑暗中，吸煙。煙盒裏的香煙吸盡時，東天已經泛起魚肚白的顏色。他走去沖了一個涼，回房。他必須用睡眠恢復耗損的精力，一上床，就扯起如雷的鼾聲。

醒來，已是下午兩點。在報館做事的人，白天睡到下午兩點，是一件極其平常的事。

洗過臉，吃了一些東西，立刻駕車前往武吉免登律的那家酒店，找利莉。

利莉還沒有起身。

尚仁坐在會客室裏等。

三點左右，利莉起身了，見到尚仁，問：「為甚麼不喚醒我？」

尚仁用略帶諷刺意味的口氣說：「昨晚你一定很遲才回來的。」

「三點左右。」

「在甚麼地方吃消夜？」

「峇都律附近的一個俱樂部。」

尚仁的腦子裏頓時充滿了許多猜想。雖然他也是從香港來的，對於俱樂部的種種，倒也相當清楚。

「你在俱樂部的時候，除了吃消夜，還做些甚麼事情？」尚仁問。

「他們叫我打牌，我不會打，他們叫我坐在旁邊看。」利莉說。

「既然不會打牌，怎會有興趣坐在牌桌邊？」

「當然是沒有甚麼興趣的，不過，在牌桌邊坐了兩個鐘頭，也有好處。」

「甚麼好處？」尚仁問。

「那個走來歌台叫我吃消夜的頭家，贏了錢，送了兩千元叻幣給我。」

「你……你收下了？」尚仁的眼睛睜得又圓又大。

「為甚麼不收？」利莉說，「他要送給我，我沒有理由不收。兩千元叻幣，等於四千元港幣，數目不算小了。」

尚仁對利莉呆望了一陣，忽然改用長輩的口氣責備她了：

「你怎麼這樣不懂事？人家要是不想在你身上佔便宜的話，怎會平白無故送這麼多的錢給你？」

「他們都是有錢人。」

「就算他們是有錢人，你也不應該收受這種錢！」

「為甚麼不能收受？」利莉說，「我在那家俱樂部耽了幾個鐘頭，誰也沒有對我做出過任何輕浮的動作。」

尚仁低下頭，目無所視地對地板呆望了一陣，用低沉的語調說：

「你不應該接受別人的贈與。」

「為甚麼？」利莉稚氣地問，「你送我粉盒，我可以收受，別人送我金錢，有甚麼不能收受。」

「這是不同的。」

「甚麼不同？」

「我是你父親的朋友，送東西給你，當然可以收受，但是，那些有錢人，他們送錢給你，別有用心。任何一個人絕不會平白無故送錢給別人的。」

利莉低着頭，彷彿做錯事情的小學生，正在接受老師的責備。

利莉的默然，使尚仁意識到自己的語氣太重。雖然尚仁的出發點是善良的，但是過分坦率的指摘，當然會刺傷利莉的感情。

經過一番難堪的噤默後，尚仁改用一種溫和的口氣對她說：

「我陪你到湖濱園去走走。」

利莉口也懶得開，只用搖頭的動作代表回答。尚仁知道利莉生氣了，依舊裝懵扮傻，慢吞吞地說出三個字：

「為甚麼？」

起先，利莉怎樣也不肯將理由講出，後來，經不起尚仁一再追問，才說了這麼一句：

「我有點不舒服。」

明知是謊話，也不能不將她的謊言當作事實來接受。尚仁故意裝作很關心的模樣：

「陪你去看醫生？」

「用不到。」

「身體不舒服，應該走去看一次醫生。」利莉正欲開口時，忽然有人蜷曲手指輕敲門扉。利莉站起身，走去應門，原來是尤團長。

尤團長堆上一臉阿諛的笑容，走到利莉面前。她的手裏拿着一支筆與一本小簿子。

「利莉，」她問，「今晚你唱甚麼歌？」

利莉眼珠子轉呀轉的：「我唱三首歌，第一首是〈海燕〉，第二首是〈桃花江〉……」

「第三首呢？」

「第三首……」利莉略一尋思後，說，「唱〈王昭君〉。」

「〈王昭君〉？」尤團長說，「〈王昭君〉是梅又蘭唱的歌。」

「她可以唱，我為甚麼不可以唱？」利莉用抗議的口氣問。

「她唱這首歌，很受歡迎。每一次唱完這首歌之後，觀眾們一定會報之以如雷的掌聲。」

「她唱〈王昭君〉受歡迎，你怎能斷定我唱〈王昭君〉不受歡迎？」

尤團長終竟是個世故很深的女人，儘管利莉有了不必要的固執，還是笑嘻嘻地對她說：

「我知道你唱〈王昭君〉也會受歡迎的，不過，剛才我問她今晚唱甚麼歌的時候，她的三首歌中就有一首〈王昭君〉，所以，我認為你還是改唱別的歌吧。」

利莉板着臉孔，顯然不願意接受尤團長的決定。尤團長並不愚蠢，當然看得出這一點，因此用溫和的口氣向她解釋：

「一晚有兩位歌星唱同樣的歌，觀眾一定會認定我們編排節目時的態度太草率。你要是喜歡唱〈王昭君〉的話，不如明晚唱吧。」

利莉點點頭，接受了這樣的安排。尤團長這才滿意地走了出去，作為一個歌舞團的團長，在處理所謂團務時，遇到這一類的困難，是常有的事。對於她，這不能算是一種困難。但是，心情原已不好的利莉，因為不能當晚唱〈王昭君〉，心情更加惡劣。尚仁為人一向敏感，看出這一點後，牽牽嘴角，臉上呈露阿諛的笑容，再一次要求利莉到外邊去走走。

使他感到意外的是，利莉竟像貓兒被人踩痛尾巴似的叫起來：

「剛才不是跟你講過了，我有點不舒服！」

語氣是如此的難聽，使尚仁臉上的笑容頓時消失。尚仁不是一個易於發怒的人，但是一連碰了兩個釘子後，為了維持一己的自尊，不能不生氣。他沒有再開口，低着頭，悻悻然朝外急走。

駕着車子在公路上疾駛，怒氣仍未平息。他將車子駛得比風還快，彷彿必須借此使內心中的憤怒獲得宣洩。回到報館，已是一個鐘頭過後的事了。他對自己說：

「必須將她忘掉！」

他沒有忘掉利莉，也沒有再去找她。一連三晚，在編輯部看過大樣後，想走去游藝場找利莉，卻走去八打靈街吃消夜。理智終於戰勝情感。他強迫自己不再思念利莉。當他感到無聊時，他會走去電影院消磨兩個鐘頭或者坐在編輯部閱讀星加坡出版的娛樂性小型報。在這些小型報紙上面，他可以經常看到一些歌壇的動態。有些歌星，他是認識的。有關這些歌星的報道，總會使他感到興趣。

使尚仁特別感到興趣的，是魏琳子的消息。但是魏琳子在古晉演唱，關於她的消息不多。在這期間，尚仁從小型報紙上看到有關她的消息兩則：（一）她與尹鯨曾在後台吵架，至於吵架的原因則不詳；（二）他們的團體在古晉演出了一個時期，到北婆羅洲去了。

當琳子離開吉隆坡時，曾經答應常常寫信給尚仁的。她在芙蓉寫過一封信給尚仁，要他將覆信寄去馬六甲。尚仁依照她的吩咐將信寄去馬六甲，有如石沉大海，一點回音也得不到。之後，小型報紙刊出琳子與男歌星尹鯨熱戀的消息。尚仁相信這不是謠言，也就不再伸長脖子等琳子的來信了。事實上，他與琳子是談不上甚麼感情的，事情有了這樣的發展，尚仁絕不會受到太大的傷害。

同樣的情形，他對利莉的感情也差不多，不可能將希望寄存在她的身上——

雖然他對利莉有相當好感。

利莉的父親利子良，是尚仁的同事。子良死後，利莉跟隨歌舞團來到星馬演唱，在道義上，尚仁不能不照顧她。可是，利莉一連給尚仁碰了兩個釘子之後，使尚仁也再不願幫助她了。

那天下午，吃過中飯，尚仁在編輯部的搖椅上午睡。窗外有雨。吉隆坡只有驟雨，沒有淅淅瀝瀝落得非常纏綿的小雨，而驟雨似乎是有定期的，總在午後兩三點鐘落一陣子就停。所以，尚仁到了吉隆坡之後，逐漸養成午睡的習慣。

電話鈴響了。

一位同事去接聽，然後用手搖搖尚仁的肩膀，尚仁正在做夢，在夢境中被推醒後，問：

「有甚麼事？」

「有人打電話給你。」

尚仁疾步走去接聽，從電話聽筒中聽到一個女人的聲音。

「請諸尚仁先生聽電話。」

「我就是。」尚仁說：「你是哪一位？」

「我是利莉。」

聽說是利莉，不能不感到意外，「噢」了一聲後，問：

「有甚麼事？」

「我要你請我喝一次茶。」

「甚麼時候？」

「現在。」

「現在沒有空。」尚仁賭氣似的說了這麼一句。

利莉在電話中頓了頓，然後用微弱的語調說：

「今天晚上，我們就要離開吉隆坡了。」

「去甚麼地方？」

「先到金寶去演三天，然後到怡保。在怡保的演期是一個星期。如果生意好的話，就會延長多幾天。」

「祝你們演出成功！」尚仁用冷若冰塊的口氣說了這麼一句。

利莉年紀雖輕，卻不愚蠢，聽了這麼一句沒有感情的話之後，只好說聲「謝謝你」，擱斷電話。

電話擱斷後，尚仁倒也有點追悔了，悔不該用那種冷淡的態度對待利莉。不過，話已講出口，收是收不回的。他走去坐在寫字枱邊，想做工作，卻怎樣也不能集中精神去做。

這天晚上，原想向報社當局告一天假，走去歌台聽利莉唱歌。但是，沒有這樣做。

這樣，利莉跟隨歌舞團到金寶去了。

凡是參加歌舞團工作的人，總像水面的浮萍一般，充滿流動性。魏琳子如此，利莉也不是一個例外。那時候，由於大小埠都有歌台之設，時代曲終於在星馬地區掀起了巨大的浪潮，聽時代曲，已變成一般民眾的主要娛樂節目；唱時代曲，也變成一種時髦的風尚了。尤其是十七八歲的小姑娘，不論讀書女、膠鞋廠的女工、報館裏的排字女工、罐頭黃梨製造工場的女工、漁工……都會在工作或不工作的時候，唱幾句時代曲娛樂自己。

尚仁一向覺得時代曲庸俗，但是，處在這樣的環境中，想完全不受時代曲的感染，幾乎不可能。事實上，歌台每晚都有熱鬧的演出，歌舞團有如走馬燈上的紙人一般，一班去了，一班又來，兜來兜去，永遠不會完。每一次，新的歌舞團走來吉隆坡演出，團長總會帶幾個重要的演員與歌星走去報館拜訪編輯部的高級職員。正因為這樣，在報館工作的尚仁，與歌台上的歌星與藝員，不論是當地的抑或來自香港的，都有聯繫。

有一個姓陸的演員，剛從怡保來，走去報館找尚仁，想向他借幾本諸如曹禺的《正在想》、吳祖光的《升官圖》、洪深的《五奎橋》之類。這些劇本，早已絕版，在書店裏不容易買到。那老陸也是一個男歌星，在歌台上偶爾也唱一些〈打是疼你罵是愛〉或者〈夫妻相罵〉之類的時代曲，不過，他的主要工作是演戲與導演。在歌台上，歌唱當然是主要節目，但是，歌唱節目完畢之後，總會演一齣戲。這些戲劇相當草率，有的以當地的生活作題材，有的則將那些國內的舊劇本搬上舞台。由於歌台上的條件太差，演出的戲劇，即使演的是名家的劇本，總有點像文明戲。尚仁在星加坡的時候，曾經見過歌台上的《雷雨》。那些工作人員雖已盡了最大的努力，工作態度也認真，但是演出的成績卻很差。

老陸就是這樣一位有心人，明知歌台的條件不夠，總想將幾個著名的劇本搬上歌台。

老陸走去找尚仁，正因為尚仁是個文藝工作者，從香港受聘到南洋去工作時，曾經帶有一批文藝書籍。這批文藝書籍中，當然有不少劇本。

當尚仁將《正在想》與《升官圖》交給老陸時，趁便詢問利莉的情況。老陸說：

「那班香港歌舞團在戲院公演時，我們在銀禧園的歌台演出。我是常常走去找他們吃消夜或喝茶的。」

「有沒有見到利莉？」

「那個年紀最輕，長得最漂亮的歌星？」

「是的。」

「當然認識。」

「她怎麼樣？」

尚仁的問題，語焉不詳，使老陸圓睜雙目，怔怔地投以詢問的凝視，等待尚仁作進一步的解釋。尚仁看出這一點，當即補充了一句：

「我的意思是，她的歌唱受不受歡迎？」

「她的歌藝不能算是突出，不過，追求她的人倒不少。」

「追求她的人不少？」尚仁問。

「有一個有錢人，姓鄧，非常喜歡她，每一次約她出游，總會送些貴重的禮物給她。」

「利莉不像一個拜金主義者。」

「這就很難講了，」老陸說，「有錢人的銀彈攻勢，很難抵禦，即使利莉不拜金，也會在猛烈的銀彈攻勢下投降的。據我所知，利莉到了怡保後，追求她的人雖多，她卻將大部分的時間交給那個姓鄧的。」

「姓鄧的，有沒有結過婚？」

「不但結過婚，而且有幾個老婆。」

「既然這樣，利莉為甚麼還要跟他在一起？」

「他有錢。」老陸牽牽嘴角露了一個並不代表喜悅的微笑，用充滿揶揄意味的口氣加上這麼兩句，「你是一個聰明人，不會不知道金錢的力量。」

談到這裏，尚仁不再提出有關利莉的詢問了。他轉換了一個話題，要老陸講一些排戲的事情給他聽。老陸對他說：

「在這裏，因為各方面的條件都不夠，劇運不容易展開。星加坡方面，有些業餘的劇團偶爾還會在維多利亞紀念堂演出話劇，不過，觀眾方面給他們的鼓勵並不大。至於像我這樣的職業劇人，想利用歌台去做一些推廣劇運的工作，當然不會有甚麼成績。」

「可是，」尚仁說，「你還在計劃排練《正在想》與《升官圖》？」

「我這個人，一向就是這樣愚蠢的，明知不可為，有時候還是憑一股傻勁去做。我並非不知道。在歌台上演這一類的戲，是吃力不討好的，不過，我還是要做。」

尚仁笑了，用近似撫慰的口氣對他說：「任何努力都不會白費。」

老陸聳聳肩：「今天晚上到歌台來看戲，是我編的《牛車水之夜》，不成熟的劇本。」說着，站起與尚仁握別，尚仁答應晚上到歌台去看《牛車水之夜》。

這天晚上，尚仁提早截稿，趕去歌台看老陸編的《牛車水之夜》。尚仁對於這個取材自星加坡現實環境的劇本頗感興趣。

進入遊藝場，因為尚未上演此劇，尚仁走去後台找老陸。老陸很忙，理這弄那，根本沒有空閒陪尚仁聊天。好在尚仁是常到後台去的，老陸工作忙，他就坐在角隅處冷眼旁觀，將後台的種種當作戲劇來欣賞。

其實，後台的戲，是現實生活中的戲，比前台的表演精彩得多。

就在尚仁以觀劇的心情欣賞後台的動態時，一個打扮得十分花枝招展的歌星怒氣沖沖地從前台走回來，尖着嗓子說：

「那個打鋼琴的衰鬼，存心跟我開玩笑，故意將主音調提高，要我在觀眾面前出醜！」

說着，嘩啦嘩啦哭了起來。幾個歌星聽到哭聲紛紛圍攏去，問長問短。那個正在哭泣中的歌星發了更大的脾氣，拍手跺腳，說是班主不掉換那個打鋼琴的人，她就不唱了。

這是一齣戲，一齣現實生活中的戲。尚仁睜大眼睛看得出神時，老陸走過來了。

「對不起，尚仁，」他說，「這後台亂糟糟的，永遠有做不完的工作。現在，《牛車水之夜》就要開始了。」

尚仁這才似夢初醒地眨眨眼睛，站起身，說：「我到前邊去看。」

「戲完了，請你再到後台來，我請你去吃消夜。」老陸說。

「你請我看戲，我請你吃消夜。」尚仁說。

「誰請吃消夜，都不成問題，最重要的是，我想聽聽你對《牛車水之夜》的意見。」

尚仁說：「我只有資格看戲，沒有資格批評。等一下，還是我來請吃消夜。」說着，大踏步走出後台，到前邊去看戲。

尚仁的生活原是十分單調的，與歌台上藝人有了來往之後，生活就豐富起來了。歌台雖然也有《牛車水之夜》之類的戲劇演出，終究不多。以一般情形，歌台上的演出，無論來自香港的團體或者是當地組織的團體，都是以歌唱為主的。所以，老陸企圖利用歌台來推動劇運，誠如他自己所說的，是一種吃力不討好的工作。尚仁在香港時，對時代曲並無好感，現在，因為常去歌台走動，對時代曲的興趣逐漸轉濃。

時代曲缺乏藝術性，是無法否認的事實；時代曲已變成一種浪潮，也是無可否認的事實。時代曲雖非必需品，闖入了每一個人的生活，不管你喜歡不喜歡，非接受不可。以尚仁的生活來說，情形就是這樣。尚仁供職的那家報館，編輯部在三樓，排字房在二樓。每一次上樓或下樓，必須經過排字房。當他經過排字房時，總會聽到那些排字女工在低哼流行的時代曲。當他在編輯部工作時，經常會從麗的呼聲中聽到流行的時代曲。當他走去觀看華語片時，開場前也會聽到流行的時代曲。此外，走去茶樓菜館進食時，這種靡靡之音，總是不絕於耳的，而聽歌，像看電影一樣，是人們的主要娛樂節目。聽時代曲，已形成一個風氣，過去不喜歡聽時代曲的人，也不再覺得時代曲庸俗了。

尚仁常常走去歌台聽歌，也常常走到後台去與藝人們談笑。

歌台上的藝人極富流動性，像走馬燈上的紙人，來了又去，去了又來。歌舞團，有的由當地藝人組織，有的由香港藝人組織，有如車輪一般，轉呀轉的。

尚仁每一次走去歌台聽歌，總會有這樣的想法：歌台等於一個輪子，那些自南至北的歌舞團或自北至南的歌舞團一若車輪上的鏈子。當鏈子轉動時，車輪也會隨之轉動。

將那些歌舞團喻作鏈子，正因為星馬的歌舞團多數是作巡迴演出的。一個歌舞團，如果以星加坡為起點的話，所走的路線往往是這樣的：星加坡、新山、峇株巴轄、麻坡、馬六甲、芙蓉、加影、吉隆坡、安順、金寶、怡保、太平、檳城、亞羅士打。然後又從亞羅士打南下，經檳城、怡保、吉隆坡、馬六甲、新山、星加坡。這樣，就形成了一個大圈子。歌舞團一班繼一班地循着這條路線去巡迴演出，使每一個居民，不論這個居民住在大埠或小埠，都能經常看到歌舞團川流不息地走來公演。歌舞團的演期，雖無硬性規定，通常不會超過一個月。所以，尚仁總覺得歌台像車輪，那些歌舞團則像車輪上的鏈子。

尚仁常常走去歌台聽歌，正因為歌台上經常有不同的班子演出。唯其如此，尚仁結識了不少歌台上的藝人。

當老陸他們的班子離開吉隆坡到芙蓉去演出時，尚仁從怡保的報紙看到一個消息：那個姓尤的女人所領導的香港歌舞團在太平公演。

就在這天晚上，尚仁在編輯部工作時，忽然接到從太平打來的長途電話。尚仁以為是太平的代理或記者打來的，想不到電話聽筒中竟傳來了利莉的聲音。

「你們在太平公演了？」尚仁問。

「是的。」利莉答。

「生意好不好？」

「還不錯。」

「你們打算在太平演幾天？」

「一個星期，」利莉說，「下個星期，就要到檳城去演了。不過，到了檳城後，我可能不參加這個歌舞團了。」

聽了這幾句話，尚仁不能不感到意外，忙問：

「這怎麼可以？你要是不參加這個歌舞團的話，不是立即要回香港去了？」

「有人肯擔保我在馬來亞居留。」

「誰擔保你？」

「一個姓鄧的。」

「鄧甚麼?」

「鄧大富。」

「他為甚麼擔保你在馬來亞居留?」

「這件事,使我很煩。歌舞團裏的同事們都是自私自利的,如果給他們知道我有意脫離歌舞團的話,不但不會給我幫助,而且會跟我搗蛋的。所以,我……我想找你商量一下……你是阿爸的朋友,要是不肯幫助我的話,就沒有人可以幫助我了。」

「我有甚麼辦法可以幫助你?」尚仁問。

「你的人生經驗比我豐富,遇到問題總有辦法解決。現在,我有了一個問題,希望你給我一些忠告。」

「甚麼問題?」

說到這裏,三分鐘已過,電話公司的職員問他們是否需要延長三分鐘。尚仁不知道利莉的意思,無法答覆這個問題,利莉卻在這個時候說了一句「明天下午在報館等我」之後,將電話擱斷了。

尚仁將電話聽筒放下後，心裏立刻多了一個問題：「她在太平，為甚麼叫我明天在報館等她？」

這天晚上，尚仁一直被這個問題困擾着，即使躺在床上，也不能獲得片刻的寧靜。

第二天下午，尚仁原想走去光藝戲院看一場電影的，想起利莉在電話中講的話，只好躺在編輯部的藤椅上等候。雖然這樣，他還是不相信利莉會走來找他的，但是，到了四點左右，利莉果然來了。這件事，使尚仁感到意外。尚仁當即帶她到歌梨城戲院旁邊的歌梨城餐廳去喝茶。

「從太平來？」尚仁問。

「是的。」利莉點點頭。

「今晚還要趕回太平去唱歌？」

「我向尤團長告了一天假。」

「她會允許你告假？」

「我堅持這樣做，她不能不答應。」利莉說，「事實上，她也知道我已無意做下去。」

「你是參加她的團體才到這裏來的，脫離那個團體，移民廳會允許你繼續耽下去？」

「鄧大富有辦法替我到移民廳去轉保。」利莉說出這話時，臉上有過分嚴肅的表情。

尚仁取出煙盒，一邊點煙，一邊吸煙，然後將話語隨同煙靄吐出：

「就算鄧大富有辦法轉保，事情也並不如你想像那樣簡單。」尚仁說，「你與尤團長之間簽有合約，你脫離她的團體，她當然要你賠償損失的。」

「當然。」

「你有能力賠償她的損失？」

「如果尤團長要我賠償損失的話，鄧大富會拿錢給她的。」

「換句話說，脫離歌舞團是鄧大富的意思？」尚仁問。

利莉點點頭。

「他為甚麼要你脫離歌舞團？」尚仁問。

「他不希望我跟着歌舞團繼續到各地去演唱。」

尚仁皺緊眉頭，久久尋思，然後用審慎的口氣說：

「脫離歌舞團之後，你打算做些甚麼？」

「我……我……」利莉期期艾艾，「我還……還沒有考慮過這個問題。」

「這個問題是不能不考慮的！」尚仁加重語氣說。

利莉終究年紀輕，處理問題時總不能保持應有的冷靜。尚仁並不認識鄧大富，不過，聽了利莉的話之後，他知道鄧大富正在採取銀彈攻勢，企圖借此使利莉變成他的金絲雀。因此，為了使利莉了解自己的處境，尚仁不得不說出直率的問話：

「你知道不知道鄧大富是個有婦之夫？」

「知道。」

「你知道不知道他有幾個妻子？」

利莉點點頭，臉上出現羞怯的表情，連「知道」兩個字也沒有勇氣說出口。從這種神情來看，她並非不知道，她與鄧大富之間的關係完全用金錢來維持，而這種關係是不健康的。

尚仁點一上支煙，給利莉以時間去細味他所講的話。在感情上，尚仁雖然不敢將希望寄存在利莉身上，對這樣的發展，倒也不能沒有妒忌。不過，當他為利莉考慮這個問題時，卻將自己的感情撇開一邊。他總覺得像利莉這樣的年輕人，不應該為了金錢將自己一生的幸福交給一個不為她所愛的男人。

望望利莉，發現她的手指上多了一隻鑽戒。

「鄧大富送給你的？」尚仁問。

「甚麼？」

「這隻戒指。」

「是的，」利莉說，「團體還沒有脫離怡保，他就送這隻戒指給我。」

「你不應該收受的。」尚仁說。

「為甚麼？」

「任何一個男人，送這樣貴重的禮物給一個女人，絕不會沒有企圖。」

利莉的回答，使尚仁吃了一驚。她說：

「如果我不喜歡他的話，就不會接受他的戒指！」

驚詫之餘，尚仁橫橫心，也說了兩句非常坦白的話：

「你並不喜歡他！你喜歡的，只是他的戒指！」

利莉辨出語中有刺，再一次低下頭去，彷彿桌面上忽然出現了甚麼東西，將她的注意力吸引住了。接着是噤默，一陣難堪的噤默。尚仁將手裏的煙頭撳熄在煙灰碟中，改用溫和的口氣說：

「你特地從太平趕到吉隆坡來，除了買東西之外，就是希望我能給你一些忠告，是不是？」

利莉點點頭。

「既然這樣，我必須對你說幾句坦白話了。」尚仁說，「我的忠告是：千萬不要以為金錢可以使你獲得幸福與快樂。鄧大富雖然有錢，卻不能使你得到快樂與幸福。你還年輕，不必急於找歸宿。將來要是遇到感情真摯的對象時，即使窮一些，也不成問題。反之，單是為了錢嫁給一個不被自己所愛的男人，後果必定不堪設想。」

利莉聽了這番話，依舊悶聲不響。於是尚仁又加上這麼幾句：

「你母親獲悉這件事時，一定會高興的。你曾經對我說過，她希望你能嫁給一個百萬富翁。」

提到母親的意願，利莉不能不感到窘迫。她訕訕將話頭轉向別處，藉以掩飾心情上的狼狽：

「陪我到羅敏申公司去買些東西。」

尚仁明白她的意思，當即吩咐夥計埋單，走出歌梨城餐室，前往羅敏申公司。途中，尚仁問：

「你搭乘甚麼車子從太平到吉隆坡來的？」

「鄧大富公司裏的車子。」

「搭乘甚麼車子回太平去？」

「鄧大富公司裏的車子。」

「打算甚麼時候回太平去？」

「明天中午。」

「今天晚上，你在甚麼地方過夜？」

「鄧大富在吉隆坡也有個家。」

從這簡短的談話中，尚仁對利莉與鄧大富的關係又有了進一步的認識。他知道，年幼無知的利莉已在銀彈攻勢前面投降了。在這個時候，企圖喚醒她的理智，根本是一件不可能的事情。

在羅敏申公司的時候，利莉買了一些價錢相當貴而不實用的東西。

走出百貨公司，尚仁對利莉說：

「讓我送你到鄧大富家去休息吧。」

利莉感到意外，忙問：

「不打算請我吃晚飯？」

「你特地從太平趕到吉隆坡來，我應該請你吃晚飯的，但是，今天報館裏的工作特別忙，實在抽不出時間請你吃飯了。」

利莉聳聳肩，不再說甚麼。尚仁駕車送利莉到鄧大富處。鄧大富的家座落在郊區。分手時，尚仁用略帶揶揄的口氣說：

「祝你快樂。」

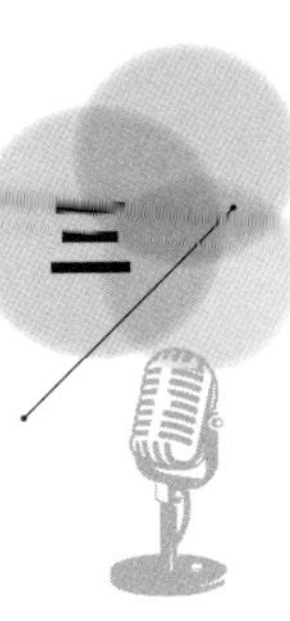

此後，尚仁沒有接到利莉的信，也沒有接到利莉的長途電話。每一次閱讀娛樂性小型報紙時，希望能夠讀到利莉的消息，總不見有利莉的消息刊出。關於這一點，解釋倒是很容易找到的。利莉不是一個紅歌星，有關她的消息不會引起一般讀者的興趣。不過，尤團長率領的歌舞團在檳城演出時，從由檳來隆的藝人口中，尚仁獲悉利莉已脫離那個歌舞團。從這一點看來，利莉並沒有接受他的勸告，顯而易見。

在這期間，尚仁常常走去歌台聽歌。時代曲的浪潮依舊澎湃不已。歌舞班來了又去，去了又來，雖然唱來唱去總是那些歌，倒並不是完全沒有新鮮感的。當尚仁不上班的時候，聽歌已變成主要的娛樂節目。

關於利莉與魏琳子的消息，雖不多，還是有的。從往來自檳城的藝人口中，尚仁知道利莉住在檳城，已變成鄧大富的金絲雀。

至於魏琳子，一家小型報紙說她在北婆羅洲演唱，另一家小型報紙則說，她與那個名叫尹鯨的男歌星已鬧翻。

有一天，老鄭忽然搭乘星隆夜郵車從星加坡趕到吉隆坡找尚仁。尚仁請他到半山芭一家酒樓去吃飯。

喝下第三杯酒的時候，老鄭終於說出了來意。

「有人打算在星加坡創辦一張新的報紙，要我參加，我已答應了。他們希望你也參加，叫我從星加坡趕來吉隆坡與你商談。」

然後老鄭說出這家報館的幾位董事的名字，這些董事都是星加坡的僑領，具有相當的實力，辦一份報紙，絕對不成問題。

「你在這裏做得怎樣？」老鄭問。

「報館方面對我是不錯的，不過，這裏的生活太單調，能夠回星加坡去工作，對我來說，也許更適合一些。星加坡比吉隆坡多一些繁華感。」

聽了尚仁的話，老鄭說出了這家新報館準備給尚仁的待遇。

待遇相當好，尚仁立刻接受了。事情的順利，使老鄭感到意外。

約莫過了一個月，尚仁回星加坡去做工了。當他回到星加坡的時候，心情很愉快。

星加坡有七八家歌台，尚仁公餘之暇，不愁沒有去處。他與歌台上的藝人愈來愈熟習了。尚仁是個報人，與歌台雖無直接關係，卻有相當密切的聯繫。有些歌台的主持人，見到尚仁時，總會拿些宣傳文字給他，請他拿去報館刊登。尚仁對於這一類的事情，因為是自己能力做得到的，總不會拒絕。此外，有些歌星唯恐歌迷們聽厭了那些老調，有意標新立異，聽到好的歐西流行歌曲或日本歌，就會拿去請尚仁寫歌詞。尚仁並不擅長寫歌詞，不過，經不起別人一再慫恿，偶爾也會寫幾首。當自己寫的歌詞在歌台上唱出時，尚仁也會覺得有趣。

使尚仁感到興趣的，是戲劇。歌台上幾乎每晚都有戲劇上演，只因條件不夠，總不能有水準以上的演出。其實，有心人還是有的，像路丁、白言、關新藝、王沙等，都是希望能夠在歌台演幾齣像樣的戲。正因為這樣，尚仁與歌台上那些從事戲劇工作的人，都變成好朋友。

由於時代曲受聽眾歡迎的程度遠超戲劇之上，劇運無法在歌台上展開，反而助長了時代曲的氣焰。許多人都說時代曲太庸俗，一定受不起時代的考驗。但是事實證明這種看法並不正確。

歌星愈來愈多。尚仁從吉隆坡回到星加坡，就有不少新歌星崛起。

此外，從香港到星加坡去公演的歌舞團也愈來愈多。這些歌舞團也是以時代曲為主的。著名的歌星像張露、張伊雯、方靜音、崔萍等，都變成聽眾們的偶像了。尤其張露，不論在大埠或小埠演出，都極受歡迎。據說那時候的張露，每月薪水就在六千以上，足見其受歡迎的一斑。

除了張露之外，那時候真正具有叫座力的香港歌星，有李晶潔與董佩佩等人。李晶潔在國泰餐廳獻唱，極獲好評。董佩佩則在新世界遊藝場內的鳳凰歌台獻唱。她是一個身材矮小的女人，因為學周璿最為相似，許多周璿迷就將她當作偶像來崇拜。歌台平時收費每位一元，因為多了一個董佩佩，收費加了一倍，依舊每晚滿座。

見到這種現象，尚仁不能沒有感觸。時代曲雖然缺乏藝術性，高潮既已掀起，一時未必低落。

香港歌舞團到星馬去演出的，不一定每一班都賺錢，運氣好的，即使陣容並不堅強，也能滿載而歸；反之，陣容相當堅強的團體，因為運氣不好，常常弄得不歡而散。縱然如此，住在星加坡的居民，在那一個時期中，可以經常看到新的歌舞團在戲院，在快樂世界的體育館，在歌台演出。

尚仁自己也是從香港到星加坡去的。每有空閒，就會走去參觀香港歌舞團的演出。

尚仁有個同事叫施煥平，是報館裏的記者，閒着無事，總喜歡到歌台去轉轉。他與尚仁曾經在歌台上遇見過幾次，後來變成志同道合，常常一同走去歌台聽歌。

有一次，香港有班歌舞團到星加坡來演出，那歌舞團的團長姓李，與尚仁在香港時就認識的，送了兩張入場券給尚仁，請他去參觀演出。尚仁約施煥平一同去，施煥平欣然接受這個邀約。

這班歌舞團的演出相當成功，有歌、有舞、有雜技、有魔術，還有趣劇。那李團長過去曾兩次隨同其他的歌舞團來到星加坡，對星馬觀眾的趣味相當熟悉，因此，自己組班時，就能作出較好的安排。這班歌舞團的節目雖然分配得均勻，依舊以歌為主。班中有一個歌星，名叫梅芹，不但唱得好，而且長得也漂亮，每一次出場都能贏得如雷的掌聲，顯然是該團的台柱。

散場後，尚仁偕同施煥平走去後台，向李團長道賀。李團長聽到蜜糖似的讚美後，笑得眼鼻皺在一起。

「我請你們去吃消夜！」他說。

「我來請！」尚仁說。

那李團長笑嘻嘻地找梅芹與另外一位女歌星一同去吃消夜。

尚仁喜歡清靜的地方，提議到華友別墅去吃消夜，其餘諸人皆不反對。

在華友別墅前面的草地上吃消夜，情調是非常好的。尚仁點菜時，施煥平就與梅芹攀談起來。施煥平談了許多稱讚梅芹的話語，使梅芹羞低着頭，連開口的勇氣也沒有。梅芹雖然是個歌星，卻十分易於含羞。她是一個美麗的女人，美得令人蝕骨銷魂。

尚仁離開香港將近兩年，對香港不無懷念。那李團長剛從香港來到星加坡，尚仁少不免向他詢問香港的近況。李團長說：

「這兩年，香港到處興建高樓大廈，許多舊樓拆卸了，使整個香港改換了一個新面目。將來，你回到香港，一定會以為香港已變成另一個城市。」

「星加坡的新建築物也很多。」尚仁說。

「星加坡是介於東西方之間的鑰匙城市，地位當然比香港更重要。」

「星加坡的市容很清潔。」尚仁說，「香港是不是依舊像過去那樣骯髒？」

「香港雖然多了不少高樓大廈，但是絕對不能算是一個清潔的城市。香港人隨地吐痰與拋擲廢物的習慣仍未糾正過來。」

「所以，」尚仁說，「我是比較喜歡星加坡的。」

李團長點點頭，同意尚仁的看法：「如果要我在兩個城市中選擇一個居住的地方，我會選擇星加坡。」

尚仁笑。李團長也笑了。這時夥計端火鍋與炒粿條之類的東西來，尚仁轉過臉去望望施煥平與梅芹，發現他們兩人正在細聲談天，談得非常投機。

「老是談天，不是一個道理，應該吃東西了！」尚仁用打趣的口吻說。

施煥平與梅芹這才似夢初醒地眨眨眼睛，坐直身子。尚仁舉起酒杯，李團長、梅芹與施煥平也將酒杯舉起。

呷了一口酒之後，各自用筷子去夾火鍋裏的食物。這時候，易於含羞的梅芹卻開口了。

「在香港，只有冬天才吃火鍋的。」

「你講得一點不錯，」尚仁說，「吃火鍋主要的目的是取暖。星加坡地處熱帶，吃火鍋似乎並不相宜。我初來星加坡的時候，對這件事也感到不解，但是現在，因為常常吃火鍋的關係，自然而然變成一種習慣，也就不覺得有甚麼不對。」

李團長說：「我倒覺得在海邊吃火鍋，風味別具。」

聽了這兩句話，其餘三個齊聲笑了起來。然後話頭轉在梅芹身上。尚仁提出一連串的詢問，彷彿律師在法庭詢問證人似的，要梅芹回答。從梅芹的回答中，他知道，梅芹雖然講得一口流利的廣府話，原籍卻是上海。她曾經投考過電影公司，被錄取後，在訓練班讀了一個時期，只做過幾次活動佈景，未能成為大明星。她失去了信心，同時也失去了耐性，合約期滿，脫離電影公司之後，獲得一個參加歌唱比賽的機會。在這一次歌唱比賽中，壓倒了其他的競爭者，榮獲冠軍。從此，變成一個職業歌手。來星之前，她在尖沙咀一家夜總會獻唱。這是她第一次來到星加坡。

然後話題轉到歌舞團上面。尚仁問李團長：

「你們打算在星加坡演多久？」

「半個月。」李團長說。

「星加坡演畢後，到新山去？」

「是的，」李團長說，「路線與演期都已排好了，新山演畢後，一路朝北，直到亞羅士打為止。」

尚仁轉過臉去，問梅芹：「從來沒有跟隨團體到各地去作過巡迴演出？」

「這是第一次。」梅芹笑得很媚。

「既然這樣，你一定會覺得很辛苦的。作巡迴演出的團體，為了節省不必要的開支，必須爭取時間。常有的情形是：在甲埠演畢後，必須漏夜搭車趕去乙埠，抵埠後，就要預演給當局觀看，接着便是正式公演。總之，這種生活是很辛苦的。」

梅芹依舊笑得很媚，用嬌滴滴的語調說：「雖然很苦，但也十分新鮮。」

尚仁舉起酒杯，祝李團長率領的團體在各地有成功的演出。

雖然位於赤道邊緣，星加坡的夜晚卻相當涼爽。尤其中宵過後的海邊，總會令人產生夜涼似水的感覺。那李團長忙了一天之後，早已應該上床安睡的，因為貪圖海風，竟嘮嘮叨叨地講述過去的種種了。尚仁對李團長的過去並不感到興趣，但在禮貌上，不能不裝作很有興趣的模樣。後來，梅芹一再用手背掩蓋在嘴前打呵欠，使尚仁必須用看錶的動作去暗示李團長應該結束他的談話了。起先，李團長依舊陶醉在自己的往事中，沒有察覺到尚仁的動作，後來，尚仁很不禮貌地打了一個呵欠，李團長才說了這樣的話：

「海風真涼爽，教人不願意離開這地方。時候一定很遲了，不能不就此打住。」

尚仁似釋重負地舒口氣，當即吩咐夥計埋單。走出華友別墅，先送李團長與梅芹回酒店，然後送施煥平回家。車抵施家門口，煥平對尚仁說：

「你知道嗎？梅芹約我明天一同吃中飯！」

尚仁正要開口，施煥平竟像一支箭般衝向自己的家門。從這一個動作裏，尚仁看出煥平的心情很愉快。

第二天下午，尚仁在報館工作時，沒有見到施煥平。到了晚上八點左右，施煥平才匆匆忙忙走進編輯部。尚仁放下手裏的毛筆，走到他對面，坐下，用蚊叫般的聲音問：

「吃過晚飯沒有？」

「吃過了。」

「在甚麼地方吃晚飯？」

「孔昭記，」施煥平說，「梅芹喜歡吃廣東菜。」

「中午在甚麼地方吃的？」

「在福樂居吃咖喱。」

「勿拉士呇沙律的福樂居？」尚仁問，「梅芹吃得慣咖喱？」

「就因為她不喜歡吃咖喱，所以晚飯到孔昭記去吃。她喜歡吃紅燒魚頭。」

「換句話說，整整一下午，你們在一起？」

「是的。」

「你們到甚麼地方去了？」

「吃過中飯，我陪她到荷蘭律的植物園去參觀，然後，到湯申律的蓄水池去看看。」

「她一定很喜歡。」尚仁說。

施煥平不是一個易於含羞的人，聽了這句話，羞得滿面通紅。尚仁看出煥平受窘了，當即站起身，回到自己的座位去做事。當他披閱稿件時，心中暗忖：

「也許是一見鍾情。」

這天晚上，尚仁到十一點鐘才下班。有兩位同事邀他到康樂亭去吃消夜，他接受了。事實上，在編輯部做了七八個鐘頭的工作後，也需要到海邊去坐坐，讓海風吹醒頭腦，吃一碗魚丸粉線之類的東西。

康樂亭的設計相當現代化，與舊日的「五叢樹腳」大不相同。這地方的整潔，使每一個走來吃消夜的人都會獲得舒適感。

兜售食品的小童走來時，尚仁要了一碗魚丸粉線，他的兩位同事則各自向小童要了炒粿條與沙爹。

當尚仁吃下一碗魚丸粉線之後，抬起頭來，偶然的一瞥，竟發現施煥平與梅芹坐在一棵小樹底下。

「施煥平也來了。」他說。

「坐在甚麼地方？」一個同事問。

「就在那棵小樹底下。」尚仁伸手朝靠海處一指。

「那個女人是誰？」

「她叫梅芹。」

「梅芹？」另一個同事說，「我從未聽說施煥平有這樣一個漂亮的女朋友！」

「他們昨晚才相識的。」尚仁說。

「你怎會知道？」

「昨晚我們一同在華友別墅吃消夜。」

「單看裝束，那梅芹好像是從香港來的？」

「一點也不錯。」尚仁說，「你的眼光很銳利，梅芹確是剛從香港來到星加坡的。」

「我記起來了！今天早晨還在日報上看到她的照片。她是一位歌星，跟隨歌舞團到這裏來演唱的。」

尚仁點點頭。

那同事對坐在小樹底下的梅芹與施煥平凝視了一陣，不禁感慨地說：

「想不到施煥平還有這一手！」

尚仁辨出了語氣中的揶揄意味，不願多說甚麼，故意低下頭去看腕錶，說了這樣一句：

「應該走了。」

「再坐一會。」兩位同事異口同聲說，「時候還早。」

尚仁一連打了兩個呵欠，作了這樣的解釋：「今天在報館一連做了七八個鐘頭，實在很疲倦了，想早些回去休息。」

說着，站起身，走出康樂亭。

第二天，尚仁走去報館做事，才知道施煥平與梅芹在一起吃消夜的事已變成新聞，在編輯部裏傳來傳去。有一位同事，知道尚仁與施煥平常常走去遊藝場聽歌，走來詢問尚仁：

「大家都說施煥平與梅芹正在熱戀中，有沒有這回事？」

尚仁用冷冷的口氣說：

「不至於這麼快就進入熱戀的階段。」

「大家都是這樣說的。」

「流言往往距離現實太遠。」尚仁說，「施煥平昨天晚上在康樂亭吃消夜，我也看見，不過，絕不可能已進入熱戀的階段。你也許還不知道，他們是前晚才認識的。」

尚仁雖然講的是實情，仍不能阻止流言的散佈。在往後的幾天中，有兩三個同事見到施煥平與梅芹在一起。尚仁閱讀娛樂性小報時，有一份居然以最顯著的地位刊出施煥平與梅芹的消息。在這些報道的結尾，有這麼幾句：

「……記者以此詢問梅芹，伊不承認，也不否認。」

此外，新聞還附刊圖片，顯示施煥平與梅芹在遊藝場中，並肩行走。

至此，尚仁對這件事的看法也不能不有所改變了。人與人之間的感情，就是這樣不可思議的。尤其是施煥平與梅芹，都在熱情得發傻的年齡，只要彼此相悅，一開始就墮入情網，並非不可能。這天晚上，受了好奇心所驅，尚仁走去歌舞團探望梅芹。當他見到梅芹時，就將那份小型報拿給她看。

「我已經看過了。」她說。

「你對這篇報道有甚麼感想？」

梅芹聳聳肩，說：「最低限度，這也是一種宣傳。」

「我有一個問題，不知道會不會觸犯你？」

「甚麼問題？」

尚仁頓了頓，然後用低沉的語調說出這麼一句：

「你是不是真心喜歡施煥平？」

梅芹並不答覆這個問題，只是低下頭去，臉孔羞得通紅，紅得像熟透了的番茄。尚仁看出她心情上的狼狽，當即加上這麼一句：

「施煥平很聰明，也很老實。如果你們真誠相愛的話，相信他一定可以使你得到幸福與快樂的。」

梅芹更加窘迫，用微抖的語調說了這麼一句：「我要出場了。」說着，站起身，婀婀娜娜走到前台去了。尚仁怔怔地望着梅芹的背影，心中暗忖：「這個美麗的女人對施煥平一往情深已是一件毋庸置疑的事情了。」

正因為這樣，尚仁覺得這件事情的發展，值得注意。那李團長率領的歌舞團在星加坡公演了半個月之後，進入聯邦去公演了。當他們在新山公演時，施煥平每天駕車到新山去找梅芹。後來，歌舞團在馬六甲演出，施煥平的心情有了顯著的改變。在此之前，施煥平是個樂觀派，老是嘻嘻哈哈的，結識梅芹之後，情緒有了顯著的改變。當他在編輯部做事時，總是呆磕磕地坐在那裏，彷彿有了甚麼不可化解的心事似的。起先，尚仁以為施煥平與梅芹鬧翻了，後來，常常在施煥平的桌面上見到梅芹從聯邦寄給他的信件，才知道他們不但沒有鬧翻，感情反而比過去好了。

一個周末的下午，尚仁在編輯部工作時，施煥平走到他面前，細聲對他說：

「今晚我要到吉隆坡去了。」

「為甚麼？」

「看一個朋友。」施煥平說出這句話時，聲音低得像蚊叫。

「梅芹？」尚仁問。

施煥平點點頭。尚仁又問：

「甚麼時候回來？」

「星期一。」

「有沒有跟總編輯講過？」

「講過了。」施煥平答。

尚仁露了一個有會於心的笑容，伸出手去，在施煥平的肩頭輕輕拍了幾下，說了這麼幾句誠摯的話語：

「到吉隆坡去玩一天吧。我在吉隆坡住過一個時期，湖園與黑風洞都是很好的去處。梅芹第一次到吉隆坡，你應該帶她到各處去走走。」

「我希望總編輯能夠給我三天的假期，他不肯。」

尚仁聳聳肩，不再說甚麼了。施煥平懷着興奮的心情走出編輯部。尚仁拿起筆來時，腦子裏浮起這麼一個思念：「施煥平這個傢伙真幸運！」

這天晚上，做完工作，一個姓符的同事請他到「加東」去吃消夜。

加東海邊有一個吃消夜的地方，像奎籠般地凸出在海上，情調特別好。坐在那地方吃消夜，因為三面是海，海風吹來吹去，實在是一種極好的享受。

選了一個角隅的座位，老符走去向熟食檔要了一些沙爹、用椰葉包的四角粽、喇沙、涼粉雪之類的東西。當他進食時，老符沒頭沒腦地問：

「施煥平搭乘星隆夜郵車到吉隆坡去了？」

「是的。」

「聽老總說，他是特地請了假，走去吉隆坡找梅芹？」

「大概是的。」

老符伸出手去拿了一串沙爹，蘸蘸辣椒醬，塞入口中後，一邊咀嚼一邊說：

「看情形，他們兩個人正打得火熱。」

「他們的感情很好，是誰都看得出來的。梅芹跟隨歌舞團在聯邦演唱時，經常有信寄給施煥平。」

老符將咀嚼好的沙爹咽下後，忽然歎口氣，說出這麼一句：

「施煥平是個傻瓜！」

「傻瓜？」尚仁吃了一驚，眼睛睜得又圓又大，等待老符作進一步的解釋。老符明白他的意思，頓了頓之後，又補充了這麼兩句：

「將真摯的感情交給這樣一個女人，簡直是浪費！」

「你的意思是指梅芹？」

「除了她，還有誰？」老符說出這兩句話時，臉上的表情非常嚴肅。

尚仁看出老符絲毫沒有開玩笑的意思，倒也不能沒有好奇。

「梅芹是個壞女人？」他問。

老符用竹籤串了一塊都白[1]，蘸了辣椒醬塞入口中後，並不答覆尚仁的問題，只是提出一個反問：

「梅芹是從香港來的歌女，你對她的過去清楚不清楚？」

「一無所知。」

「施煥平呢？」

「相信也不會清楚。」

「我相信這裏的人對梅芹的過去都不大清楚。」

「你呢？」尚仁問，「你對梅芹的過去清楚不清楚？」

老符的態度很持重，在答覆尚仁的問話之前，偏過臉去，有意無意地對黑黝黝的海水凝視了一會，然後慢吞吞地說：

「有一個名叫藍財的人，你認識嗎？」

「我不認識，不過，我聽過他的名字。他是千萬富翁藍亮衍的兒子。」

「不錯，」老符轉過臉來，望望尚仁，繼續說下去，「藍亮衍是個有錢人，在東南亞各地都有他的事業基礎。兩年來，因為港行的經理辭職了，藍亮衍一時找不到合適的人，只好派藍財到香港去負責那邊的業務。藍財是個花花公子，到了繁華的香港，過着花天酒地的生活，只知道尋歡作樂。就在那時候，他結識了梅芹。梅芹是個尤物型的女人，知道藍財是千萬富翁的兒子，百般討好他。藍財着了迷，頂了一層樓，與她同居！」

1 編注：菱形椰葉包裝米煮熟的美食。馬來語叫「Ketupat」。

這一番話，聽得尚仁目瞪口呆。當老符點煙時，他忍不住問：

「據我所知，藍財是有妻室的？」

「不錯，藍財早已結過婚，而且還有兩個孩子，不過，藍亮衍派他到香港去主持港行的業務時，他並沒有帶妻子兒女去。」

「藍財與梅芹同居了多久？」

「同居一年左右就分手了。」

「藍財另結新歡？」尚仁問。

「不，」老符搖搖頭，「藍財雖然不能算是一個循規蹈矩的男人，對梅芹的感情倒是相當真摯的。」

「既然這樣，為甚麼分手？」

「理由只有一個：與梅芹同居後，藍財任意揮霍，虧空太多的公款，被他的父親知道了。他的父親親自飛去香港處理這件事，要藍財與梅芹一刀兩斷，然後回星加坡去。」

「這樣，藍財與梅芹斷絕來往了？」

「這個問題，除了藍財與梅芹，誰也無法答覆。不過，有一點倒是可以肯定的，藍財回到星加坡之後，沒有到香港去過。」

「這一次，梅芹跟隨歌舞團走來星馬演出，有沒有與藍財見過面？」

「有人說是沒有。」

「這樣看來，藍財是個相當絕情的人。」尚仁說。

老符以搖頭的動作否定了尚仁的看法。他說：「藍財是很喜歡梅芹的。他之所以不去找她，有兩個主要因素：（一）避免受到父親的呵責；（二）他的妻子對他的管束相當嚴。」

「如果是這樣的話，藍財與梅芹的關係應該被視作過去了。」

「但是，」老符臉上忽然出現陰沉的表情，講話時，語調壓得很低，「從這一點來看，梅芹實在不能算是一個善女人。」

「梅芹與藍財的關係雖然不正常，卻不能因此就肯定她是一個壞女人。」

「善女人絕不會做出這種事情！」老符說。

談到這裏，有一群男女，說呀笑的走過來，在他們的鄰桌坐下。尚仁仔細觀看，才知道是歌台上的藝員與歌星。這些藝員與歌星大部分與尚仁相識，尚仁舉起手，跟他們打招呼。有一個姓關的男藝員與一個姓李的女歌星見到尚仁，表現得特別親昵，笑嘻嘻地走過來跟他拉手。

姓關的男藝員向他借于伶的《女子公寓》與李健吾的《金小玉》，姓李的女歌星要他將一首名叫〈你屬我〉的歐西流行歌改寫。尚仁都答應了。

尚仁與老符繼續坐了半個鐘頭左右，回家。當他送老符回家的時候，老符問：

「你認為我是不是需要將梅芹與藍財的事情講給施煥平聽？」

「依我看來，還是不講的好。」尚仁說。

「為甚麼？」老符問。

「施煥平此刻正熱情得發傻，你要是將這件事講給他聽的話，就會嚴重地傷害他的感情。」

老符搖搖頭，說了這樣的話：「現在，他與梅芹結識的時間還不能算久，講給他聽，還不至於有過分嚴重的傷害。反之，如果時日隔得太久，等他們打得火熱時再告訴他，問題就嚴重了。」

尚仁略一尋思後，重複剛才說過的話：「還是不講的好。」老符點點頭，接受尚仁的勸告。尚仁回到家裏，竟無法獲得片刻的寧靜。這件事情，與他一點關係也沒有，但是老符講的那番話，卻老是像走馬燈上的紙人一般，在他的腦子裏轉呀轉的。他的心裏充滿了矛盾：站在朋友的立場，既然知道這件事，就該坦白講給他聽，但是，他又怕正在熱戀中的施煥平受不了這樣的打擊。

「等他回來再說。」尚仁想。

施煥平回來後，尚仁沒有勇氣將這件事情講出來。他只問：

「歌舞團的生意怎麼樣？」

「他們在星加坡演出的時候，生意不錯，離開星加坡之後，生意就差了。」

「為甚麼？」

「不知道，」施煥平說，「連歌舞團的團長也不知道是甚麼理由。」

「他們在吉隆坡的成績怎麼樣？」

「到了吉隆坡之後，賣座成績稍為好一些，不過與星加坡比起來，也差得多了。」

「這樣下去，歌舞團一定會遭遇到許多困難的。」

「你講得一點也不錯，他們在經濟上遭遇的困難特別多。梅芹告訴我，由於賣座情況不符理想，歌星與藝員們的薪水也付不出。」

「薪水也付不出？」尚仁顯然感到意外。

「梅芹說，如果在吉隆坡不能賣幾個滿堂的話，離開吉隆坡的時候，恐怕連酒店的租金也會付不出。」

「付不出酒店的租金，就無法繼續北上了。」

「據說可以找人擔保的。」

聽了這樣的話，尚仁不能不歎氣了。他說：「許多香港搞歌舞班的人總以為星馬遍地黃金，只要弓下腰，就可以拾到許多黃金。這種錯誤想法，不知道害了多少人。」

施煥平聳聳肩，說了這麼一句：「我很替他們擔憂。」

「用不到擔憂。」尚仁說，「如果情形實在太差的話，他們可以回香港去的。」

「問題就在這裏。」

「怎麼樣？」

「如果那班歌舞團無法維持的話，梅芹不是也要回香港去了？」

「她是一個歌星，跟隨歌舞團到這裏來獻唱，歌舞團生意不符理想，固然要回去。就算歌舞團生意好，也無法在這裏常住的。」

「我知道。」

「既然知道，何必擔憂？」尚仁問。

施煥平聳聳肩，不答覆尚仁的問題，掉轉身，懶洋洋地走出編輯部。尚仁望着他那逐漸遠去的背影，心中暗忖：「他所嘗到的，究竟是戀愛的苦味，抑或戀愛的甜蜜？」

過些時日，一家娛樂性小型報忽然刊出一篇內幕性的報道。這篇報道是揭露梅芹的過去的，說梅芹「過去的私生活極不嚴肅」，曾經與許多男人發生過曖昧關係。這些男人，包括電影小生、硬裏子、導演、洋琴鬼、粵劇大老倌、商人、阿飛……

這篇報道充滿了暴露性，使每一個讀者都感到驚詫。尚仁希望施煥平不要讀到這篇文字，但是施煥平卻拿了那份報紙悻悻然走進編輯部來了。

走到尚仁面前，他用微抖的聲音問：「有沒有讀過這篇文章？」

尚仁點點頭。

施煥平說：「這種文字是抵觸法律的。我一定叫梅芹控告他們破壞名譽！」

「冤家宜解不宜結，這種事情，依我看來，還是不要過分認真的好。那家報紙刊登這篇文章，未必是惡意的，主要目的，無非想借此刺激報份罷了。」

「但是，」施煥平說，「這篇報道會使梅芹的名譽受到極大的損害。」

「如果這是一篇忠於事實的報道，對梅芹的名譽也不見得會有甚麼損害。」

聽了這兩句話，施煥平臉色倏地發青，眼睛睜得又圓又大，粗聲粗氣說：

「難道你也相信這篇文字所記載的種種完全是事實？」

「我不相信這是事實，也不敢肯定這不是事實，不過，我認為這一類的事情最好不理。」

「梅芹的名譽受到這樣的損害，怎能不理？」施煥平說，「你記得嗎？去年有一家小型報對一個女歌星作了錯誤的報道，那女歌星很生氣，寄了一封律師信給那家報館，那家報館自知理虧，挽人調解，不但公開向她道歉，還送了禮物給她。」

「是的，」尚仁說，「我記得這件事。」

「既然記得這件事，為甚麼還要說這樣的話？」施煥平的語氣很難聽，好像在吵架。

尚仁辨出語氣中的悻惱意味，不敢再說甚麼，但是，施煥平卻依舊像木頭人似的站在那裏，等他開口。尚仁看出煥平的心意，用低沉的語調說：

「煥平，我知道你與梅芹的感情很好，但是，你對梅芹的過去，實在知道得很有限。」

這幾句話，出諸尚仁之口，絕不會是惡意的，然而煥平卻彷彿受了極大的侮辱似的，掉轉身，悻悻然走出編輯部。這一個動作，當然很不禮貌。

到了晚上，施煥平走到尚仁面前，邀他一同去吃消夜。尚仁接受了。

當他們在康樂亭吃消夜的時候，施煥平承認他與梅芹在熱戀中。

「所以，」他說，「我不能讓別人詆謗梅芹！」

尚仁用撫慰的口氣對他說：「梅芹是個紅歌星，屬她的事情被當作新聞刊出，是一件極其平常的事。如果你肯接受我的忠告的話，還是採取不理的態度好。」

「等一下，回到家裏，我打算打一個長途電話給她。」

「做甚麼？」

「將這件事情告訴她，同時問她是否準備依循法律的途徑去解決這件事。」

「煥平，肝火不要這樣旺，好不好？還是將大事化小，小事化無吧！」

「這班傢伙，一向欺善怕惡，不給他們一點厲害看看，他們是不肯罷休的！」

「煥平，我勸你還是忍耐一下的好。這一類的事情要是鬧大了，雙方都不會有甚麼好處。」

煥平默然不語了，不過，內心的固執是很容易察覺得出的。尚仁看出他內心中的困擾，又說了一些勸慰他的話語。煥平霍地站起，說要回家去打長途電話給梅芹。

第二天，尚仁在編輯部見到煥平，問：

「梅芹對這件事的態度怎麼樣？」

「她的心很亂，好像並不覺得這是一件嚴重的事情似的。」

「她的心很亂？」尚仁問。

「他們歌舞團的生意愈來愈差了，看樣子，再也維持不下去。如果散班的話，她只好回香港去了。除非——」說到這裏，欲言又止，彷彿有了甚麼顧慮似的。

尚仁好奇心起，加重語氣問：「怎麼樣？」

煥平頓了頓，壓低嗓子說出這麼幾句：「除非轉保，否則就不可以繼續在這裏住下去了。」

「她的意思是，要你與星加坡的歌台接洽，轉去歌台唱歌？」

「一點也不錯。」煥平說，「她的意思正是這樣。昨天晚上，跟她通長途電話時，她就明白指出這一點。她說，除非我不希望她留在星加坡，否則一定要設法幫她辦好這件事。」

尚仁皺眉尋思了一陣，然後慢吞吞地說出他的看法：

「其實，這也不是一件困難的事。據我所知，香港歌星的叫座力強，像梁萍、董佩佩等人在歌台演唱時，成績都很好。梅芹既然有意思到歌台上去唱，只要條件不太苛刻，相信歌台方面一定會接受的。」

「問題是，歌台方面肯不肯走去移民廳替她轉保？」施煥平說出這話時，有了不可掩飾的焦灼與憂慮。

「如果歌台方面有意請她的話，當然要擔保她居留的。我認為轉保的問題並不大，倒是一般香港歌星的薪水較高，歌台方面是否能夠負責得起這一筆支出，實屬疑問。」

「梅芹在電話中對我說：只要能夠轉保，待遇方面，她是不計較的。」煥平說。

尚仁搖搖頭，不同意這樣的看法。他說：

「梅芹長得這樣漂亮，而且歌也唱得不壞，既是香港歌星，決不能接受低薪，否則，將來的發展必受限制。」

煥平點點頭，同意尚仁的看法。

「不過，」他說，「我與歌台上的人一點也不熟，怎麼能夠替梅芹進行這件事情？」

「我與歌台上的藝人相當熟，如果你決定這樣做的話，我帶你去接洽。」尚仁說。

尚仁既然肯幫助他，煥平自無理由不接受。他只是細聲問：

「甚麼時候去接洽？」

「等我發掉這篇稿子後，就走。」

煥平回到自己的座位，等待尚仁發稿。尚仁將那篇稿子交給排字房後，偕同煥平走出報館。煥平不知道尚仁帶他到甚麼地方去，也不詢問，只是悶聲不響地坐在車廂裏。尚仁也不開口，默默將車子朝荵蘭勿剎駛去。當車子抵達荵蘭勿剎時，煥平才若有所悟地「噢」了一聲，問：

「到遊藝場去？」

尚仁點點頭。

白天的遊藝場，靜悄悄的，一點生氣也沒有。大部分商店與攤位都還沒有開始營業。不過，有一家歌台卻有人聲傳出。幾個演員在台上排戲。

這家歌台的導演姓關，是尚仁的好朋友。尚仁帶煥平去歌台，目的就是找老關。但是當他詢問「老關在不在」時，正在台上排戲的演員對他說：

「老關剛剛走。」

「知道不知道他到甚麼地方去了？」

「也許在隔鄰麻雀館打牌。」那演員說，「你知道麻雀館在甚麼地方嗎？」

「知道。」

尚仁當即偕同煥平走出遊藝場，前往麻雀館。那麻雀館只是歌台中人口頭上的一個名詞，並不像香港麻雀館那樣，領有執照，不論識與不識，都可以去耍樂的。它位於新世界旁邊的一間舊屋裏，前邊放兩隻麻雀枱，供人們去消磨時間；後邊則放一隻小方枱，是包租人與親友們打福建四色牌的地方。打四色牌的人與打麻雀的人，多數不相識。那麻雀館的主持者，是個音樂師，晚上在歌台做工，白天就在麻雀館打牌或招呼牌友，所謂牌友，除了歌台中人，便是新聞從業員。由於主持者為人和藹可親，走去打牌的人相當多。那兩隻麻雀枱從下午到凌晨，幾乎沒有一個時候是空着的。有些紅歌星，在遊藝場練過歌或排過戲後，只要沒有別的約會，就會走去麻雀館打幾撲。尚仁經歌台中人的介紹，曾經走去打過幾次麻雀，與麻雀館的主持人也相識。

走進麻雀館，果然見到老關在打牌。老關滿面紅光，好像已經掃過幾撲了。當見到尚仁時，他用興奮的口氣跟他打招呼：

「老諸！你怎麼會走來的？」

「我來找你。」尚仁說。

老關用食指點點自己的鼻尖：「找我？有甚麼事嗎？」

尚仁堆上一臉笑容，答：「等你打完這一撲再說。」

麻雀館的面積雖然不大，但是，除了兩隻麻雀枱之外，居然還放了一套三件頭的沙發，給那些不打麻雀的人休息之用。

尚仁與煥平坐在沙發上，各自點上一支煙。當他們吸去半支煙的時候，老關已打完那撲牌，笑嘻嘻地走過來，問尚仁。

「有甚麼事嗎？」

尚仁並不馬上答覆他的問題，只是提議到鄰近咖啡店去喝咖啡。

新世界附近，有好幾家咖啡店，設備都差不多：幾張桌子與幾張椅子，門口有一檔炒粿條，沒有冷氣，只有吊在天花板上的風扇。

在一家每逢星期六開檔收外圍馬的咖啡店坐定，煥平與老關都叫了一杯咖啡烏，尚仁則要了一壺中國茶。然後尚仁介紹老關與煥平相識。老關問：

「有甚麼事嗎？」

尚仁當即將梅芹想轉保的意思講給他聽，他聽了，站起身，走去打電話給歌台老闆。

當他回座時，他對尚仁與煥平說：「在原則上，老闆歡迎梅芹走來參加我們歌台演唱，不過，有些細節不是在電話中可以講得清楚的。他約你們兩位到他家裏去談談。」

「甚麼時候？」尚仁問。

「他的意思是，如果你們現在有空的話，不妨現在就去談談。」

尚仁轉過臉去問煥平，煥平說：「現在去談，當然再好也沒有了。梅芹很為自己的工作擔憂，這件事能夠早些辦妥，她也可以放心了。」

尚仁付了茶錢，偕同老關煥平到歌台老闆家裏去。歌台老闆住在巴西班讓，距離惹蘭勿剎相當遠。據老關說，歌台老闆是個樹膠商，生意做得相當大，原無必要投資在歌台上面，之所以這樣做，完全是為了興趣，他是一個很喜歡聽時代曲的人。

歌台老闆住的是一幢有二樓的大洋房，前邊有個大花園，園內種着許多熱帶植物，除了習見的椰樹與芭蕉外，還有香蕉花、蝴蝶花之類花卉。

在垂掛竹簾的客廳坐定，他們就開始商談梅芹轉保的問題了。歌台老闆是個性格明朗的人，直心直肚，講話不喜歡轉彎抹角。他說：

「梅芹小姐肯到我們歌台來演唱，當然再好也沒有了。如果她需要我擔保她繼續在這裏居留的話，我也願意走去移民廳為她申請。不過，目前歌台的支出已經相當可觀了，梅小姐的薪水要是太高的話，即使每晚賣滿堂，也無法負擔的。」

歌台老闆說出他的意思後，整個客廳靜了下來。老關是歌台導演，在商討這件事情時，不便多表示自己的意見。他只是轉過臉去望望尚仁。尚仁也不敢替梅芹做主，唯有轉過臉去望望煥平，要煥平開口。煥平是個新聞從業員，對這一類的事情並不在行，只好用極其謙遜的口氣，要歌台老闆將他的意思講出來。

歌台老闆很直爽，聽了煥平的話，立刻將自己的條件坦白講出。

「先訂三個月的合約，合約期滿後，雙方要是願意繼續簽訂的話，可以續訂三個月。薪水方面，我打算給她兩千五百叻幣，管膳宿。她是從香港來的，與本地歌星不同，參加我們歌台演唱，膳宿方面應由歌台負擔。這是我們提出的條件，她要是同意的話，隨時都可以簽訂。」

說到這裏，歌台老闆睜大眼睛對施煥平投以詢問的凝視。施煥平略一尋思後，作了這樣的答覆：

「梅芹現在北馬演唱，我跟她通長途電話時會將你的意思轉告她。」

「如果她同意的話，」歌台老闆說，「她自己來星加坡簽合約最好，她要是抽不出空的話，你代表她簽也可以。不過，簽約時需要兩個證人。」

尚仁接口便說：「我與老闆可以在合約上簽字作證。」

「好極了！」歌台老闆用興奮的口氣說，「只要簽好合約，我就去移民廳替她辦理轉保手續。等轉保手續辦妥，我準備發動一次宣傳攻勢。梅芹是香港歌星，號召力強，要是宣傳攻勢配合得宜，歌台每晚賣滿堂，並不是一件意料之外的事情。」

老闆趁此獻上一計：「梅芹加盟後，不妨將茶價提高一些。鳳凰台邀得港星董佩佩助陣時，也曾提高茶資。生意不但不減，反而更加好了。」

歌台老闆點點頭，同意老闆的看法：「我也有這樣的想法；不過，事情要等梅芹簽約後才能決定。現在考慮這個問題未免太早了一些。」

老闆笑，其餘三人也同時笑了起來。客廳裏的氣氛頓時轉為輕鬆，歌台老闆居然走去酒櫃邊斟酒了。歌台老闆看來是個很喜歡喝酒的人，心情好的時候，就想喝酒。尚仁、施煥平與老闆偶爾也喝酒，卻很少在喝茶的時候喝酒。不過，歌台老闆既有喝酒的興致，他們也不便掃他的興。

各自喝了一杯酒之後，尚仁等人站起告辭。歌台老闆將自己的電話號碼告訴煥平，說是有甚麼事情需要商討，隨時都可以打電話給他。

事情就這樣決定。當天晚上，煥平與梅芹通長途電話，將談判的經過講給她聽。她用焦躁又不安的口氣說：

「一切由你做主好了。」

「這是你的事情，我怎麼可以替你做主。」

「我的事情就是你的事情，」梅芹說，「希望你早些將合約簽妥！我的心，煩到極點！」

「你們那邊的情形怎麼樣？」

「糟透了！今天晚上只有二十幾個觀眾！」

「這是怎麼一回事？」

「第一，觀眾們都說我們的節目不夠刺激；第二，我們在一家設備簡陋的電影院演出，這家電影院的生意一向不好；第三，團員們因為團長欠薪的關係，出台時個個沒精打采……總之，情形糟透了，債主們成天包圍團長，向他拿錢。有些債主，據說是從吉隆坡與怡保到這裏來的。這樣下去，不但薪水遙遙無期，恐怕連伙食也會隨時停開。」

「既然這樣，」煥平問，「你為甚麼不回星加坡來？」

「我與歌舞團訂有合約，歌舞團不散班，我是不能走去星加坡演唱的。」

「在這種情形下，我怎能與歌台老闆簽訂合約？」煥平問。

談到這裏，電話局的接線生忽然插嘴了，說是三分鐘的時間已過。煥平連忙要求接線生延長三分鐘。這樣，電話聽筒中又傳來了梅芹的聲音。梅芹說：

「你不與歌台老闆簽約，歌台方面就不會走去移民廳轉保了。不轉保，歌舞團散班後，我就要回香港去了！」

「你的意思，我很明白，問題是，你還沒有確切的日期到星加坡來，人家的歌台老闆肯不肯就這樣簽訂合約？」

梅芹顯然有點不耐煩了！

「依我看來，歌舞團再也無法支撐下去，只要團長宣佈散班，我立刻搭乘飛機回星加坡的。希望你明天再去找一次歌台老闆，將這邊的情形與我的意思告訴他。他是吃這一行的，當然會有解決問題的辦法。」

煥平說了一句「好的」之後，將電話擱斷。這天晚上，為了梅芹的問題，久久不能入睡。第二天下午，他與歌台老闆通了一次電話。歌台老闆忙着處理別的事務，約他晚上到歌台去見面。

到了晚上，煥平找尚仁一同到歌台去。尚仁說：「你先去遊藝場，我看過大樣就來。」

沒有辦法，煥平只好獨個兒先去歌台了。當他走進遊藝場時，正是遊藝場最熱鬧的時候，無論茶檔、波仔檔、菜館、浪吟台、舞廳、電影院……都擠滿了人。歌台也不是例外。煥平走進歌台時，因為座無隙地，連「茶花女」也不來招呼他。好在他不是走來聽歌的，要不然，難免不感到掃興。

望望台上，老闆與一位紅歌星正在唱〈桃花搭渡〉。煥平只知道老闆是個導演，想不到他還會唱歌。煥平好奇心起，站在那裏聽他唱歌。

一曲終了，贏得如雷的掌聲。煥平心中暗忖：「老闆確是一個有天才的藝員，怪不得這樣受歡迎。」

走到後台，不見老闆。問老闆，才知道老闆還沒有來。煥平說：

「他約我到這裏來的。」

「他是一個忙人，恐怕要遲些來到。」

「會不會失約？」

「相信不會的，」老闆說，「有甚麼事？」

「跟他談梅芹的合約問題。」

「昨天晚上你跟梅芹通過電話了？」

「不錯。」

「梅芹怎樣講？」

「她說他們那班歌舞團的情況非常尷尬，債主成群結隊地走去包圍團長，看樣子，再也無法維持下去了。」

「梅芹肯不肯接受我們老闆提出的條件？」

「她要我替她做主，全權處理簽約的事。」

「那就容易辦理了。」

「現在的問題是，歌舞團不散班，她不能走來星加坡演唱。在這種情形下，你們老闆是否肯跟她簽訂合約？」

「這一點，你還是直接跟我們老闆去談吧。」老關說。

這時候，有個演員走來將老關拉到別處去了。煥平獨個兒坐在後台，看那些紅歌星婷婷嫋嫋地走來走去，看那些演員與工作人員忙這理那。

煥平並不是常常走去後台的，對後台的種種並不熟悉，唯其不熟悉，所以有點拘束。那些打扮得花枝招展的歌星們打從他面前經過時，少不免用好奇的目光注視他。煥平不習慣這樣的注視，站起身，走出後台。老闆忙不迭追上前來，一把捉住他的手臂。

「走了？」他問。

「後台空間太小，還是到外邊去走走。」

「我們老闆既然約你到這裏來，絕不會失約的。」

「我到歌台旁邊的茶檔去喝杯茶，等一下再來。」

「也好，」老闆說，「老闆來了，我會叫他到茶檔去找你的。」

煥平點點頭，走去茶檔喝茶。

坐在歌廳旁邊的茶檔喝茶，有一個最大的好處，可以免費聽歌。星加坡的歌台，不論有蓋無蓋，總不會像電影院那樣封沒的。坐在歌台旁邊的茶檔上，一樣可以清晰聽到從麥克風中播出的歌聲。

煥平在茶檔坐定，向夥計要了一杯涼粉雪。遊藝場的遊客很多。坐在茶檔上，看人也是一種消磨時間的娛樂節目。

當他將一杯涼粉雪吃下後，歌台老闆沒有來，尚仁卻與星馬著名演員路丁走來了。煥平認識路丁，但路丁並不認識他。尚仁跟他們介紹相識後，大家坐在一起喝茶。尚仁對煥平說，路丁剛從聯邦出來。

原來路丁帶了一個班子在州府巡迴演出，因為成績相當好，為了加強陣容，到星加坡來招兵買馬。

煥平聽說路丁剛從州府出來，連忙向他探聽李團長率領的那班歌舞團的情況。路丁說：

「只聽說他們的生意不大好。其他我就不清楚了。」

然後話題轉到戲劇上面，路丁是個有心人，有意在歌台推動劇運。他曾經在歌台導演過曹禺的《雷雨》，不但獲得一致的好評，而且還起了一定的作用。

這時候，歌台老闆走來了。

路丁是個聰明人，知道尚仁、煥平與歌台老闆有事商量，站起身，說是另有他約，走到別處去了。

歌台老闆向茶檔夥計要了一杯咖啡烏之後，問煥平：

「怎麼樣？有沒有與梅芹通過電話？」

煥平點點頭，將昨晚與梅芹通話的內容講給歌台老闆聽。

「今天下午，我跟別人研究梅芹的問題，梅芹要轉保，必先取得李團長的同意。」歌台老闆說，「只要李團長同意讓梅芹參加我們歌台演唱，我們隨時都可以走去移民廳辦理轉保手續。反之，如果李團長不同意的話，即使歌舞團散班了，我們也無法替她辦理轉保手續的。到那時，唯一的辦法是，讓梅芹回香港去，然後再由我們向移民廳申請並擔保她入境。」

「這樣做法，豈不是繞了一個大彎？」煥平問。

「如果李團長不同意的話，事情就要這樣辦了。」歌台老闆說，「所以，目前必須做妥的事是，徵得李團長的同意。」

「李團長未必肯放她到星加坡來演唱的。」煥平說。

歌台老闆搖搖頭，說：「也未必不肯。第一，李團長率領的歌舞團已弄得一團糟，梅芹既然另有出路，放她走，是一種合理的做法；第二，類似的事情以前也曾有過，例子相當多。」

煥平點點頭：「好的，等一下我打電話給梅芹，要她設法徵得李團長的同意。」

歌台老闆問：「關於我們提出的條件，梅芹有甚麼意見。」

「她完全接受。」煥平說。

「好極了，」歌台老闆說，「現在只剩下一個問題了，只要李團長同意，梅芹隨時都可以飛來星加坡演唱。如果她需要預支一點薪水的話，不超過一個月的數目，我們也可以借給她的。總之，我們這邊是沒有甚麼問題的。」

談到這裏，事情已相當具體。在茶檔繼續坐了半小時左右，歌台老闆到後台去處理歌台上的事務，煥平則偕同尚仁走出遊藝場。

煥平回到家裏，打了一個長途電話給梅芹，要她將轉保的事情與李團長磋商。

「李團長未必肯答應。」梅芹說。

「這是最後一個問題了，你必須設法解決，否則，歌舞團散班後，你就要回香港去了！」

梅芹接受煥平的勸告，決定將自己的意圖告訴李團長。煥平說：「李團長要是同意你到星加坡來演唱，立刻打電話通知我。」梅芹說聲「好的」，將電話擱斷了。

第二天，梅芹打電話給煥平，用興奮的口氣對煥平說：「李團長已經同意了！」煥平聽到這個消息，說不出多麼的高興，問她需要不需要旅費，梅芹說：「買飛機票的錢，我還有辦法。」

煥平當即打電話給歌台老闆，將事情告訴他。歌台老闆說：「好極了！等她來到星加坡之後，我就去移民廳替她辦妥轉保的手續。」

兩天後，梅芹從北馬搭乘飛機回星加坡。煥平走去飛機場接她。當他們見面時，彼此都很興奮。煥平問：

「李團長領導的歌舞團有沒有散班？」

「還沒有。」梅芹答。

「他卻同意你到星加坡來唱了？」煥平問。

「李團長這個人是不錯的，問題是，運氣太差。事實上，我們這班歌舞團的陣容不能算弱，只是運氣不好，進入聯邦後，賣座成績愈來愈壞，壞得出人意表。現在，債主們成天成晚包圍着他，使他連吃飯的時間也抽不出，哪裏還有心思去注意歌舞團的演出？這樣一來，台上的演出愈來愈不像樣，觀眾的興趣當然愈來愈低了。李團長知道散班只是時間問題，所以答應我到星加坡演唱。」

「他有沒有向你提出任何條件？」煥平問。

「只有一個條件。」

「甚麼？」

「他說，他可以讓我到星加坡來演唱，不過，叫我不要走去勞工司追討他欠我的薪水。」

「你答應了？」

「我當然要答應的，」梅芹說，「事實上，即使李團長不提出這個條件，我也不會向他追討欠薪的。他已弄得焦頭爛額，我要是向他追討積欠的話，等於逼他上吊！」

煥平點點頭，挽着梅芹走出機場。在機場外邊搭乘的士前往S酒店。

「為甚麼到S酒店去？」梅芹問。

「歌台方面答應管膳宿的，他們在S酒店租了一間房，給你居住。」

「這樣看來，歌台方面倒相當守信用。」

「歌台老闆本來打算跟我一同到機場去接機的，因為臨時發生了一些事情，只好改變原來的計劃。不過，他要我轉告你，今晚請你到國泰去吃飯，並邀尚仁與我作陪。到時，他會將合約的草本拿給你看。」

梅芹聽了這一番話，知道事情已大部做妥，只要移民廳肯接受轉保的申請，她就不需要馬上回香港去了。

當天晚上，歌台老闆在國泰酒樓為梅芹洗塵，除了尚仁與煥平，還有幾個紅歌星。國泰酒樓的佈置非常現代化，菜餚也是第一流的。梅芹跟隨團體在州府演唱時，常常因為吃不慣當地的食品而挨餓。這一晚，她吃得津津有味。談起巡迴演出，梅芹說：

「我從來沒有參加過巡迴演出，想不到竟會這樣辛苦。最使我感到頭痛的是，在甲埠演畢後，漏夜搭巴士前往乙埠，到了乙埠，馬上要預演給當局觀看，作為一種審查，然後吃晚飯，吃過晚飯，正式公演，中間完全沒有休息。」

歌台老闆說：「跟隨團體到各地去演出，確實相當辛苦的。現在，你已回到星加坡，而且決定參加我們歌台演唱，每晚一場，就不會覺得辛苦了。」

梅芹聽了這幾句話，立刻打蛇隨棍上，趁此要求歌台老闆盡快辦妥轉保手續。歌台老闆點點頭，說是簽了合約，就至移民廳去申請。梅芹說：

「希望移民廳肯批准。」

「我相信移民廳不會拒絕的。」

歌台老闆的看法沒有錯，過了兩天，梅芹轉保的手續果然辦妥了。這件事，不但使梅芹高興得好像中了馬票似的，連施煥平的情緒也大為好轉。煥平很興奮，走去對尚仁說：

「梅芹在歌台唱歌，就不會像參加團體時那樣辛苦了！」

尚仁用打趣的口氣說：

「這還在其次，最重要的是，梅芹在星加坡演唱，你可以每天與她在一起了。」

施煥平聽了這話，笑得眼鼻皺在一堆。從他的臉上，尚仁看得出他的內心中有種熱戀人的喜悅。尚仁問：

「梅芹甚麼時候開始在歌台演唱？」

「本星期六。」

「我相信她一定會受歡迎的。」

「歌台老闆對她相當重視，準備在她登台之前發動一次宣傳攻勢。」

尚仁露了一個微笑，不再說甚麼了。當天晚上，尚仁發完稿子後到遊藝場去走走。他見到歌台門口已掛出梅芹的畫像，並以大字書出梅芹登台演唱的日期。畫匠筆底下的梅芹很美。梅芹原是一個美麗的女人。

尚仁走去後台與老闆他們打招呼，以為會見到梅芹與煥平，結果沒有，梅芹與煥平可能到加東公園之類的地方去談情說愛了。

第二天，星加坡各報皆有梅芹於周六登台的廣告刊出，尚仁在編輯部見到煥平時，對他說：

「歌台方面的宣傳工作做得相當不錯，相信梅芹一定會走紅的。」

煥平笑了。從他的笑容中，尚仁知道煥平是快樂的。煥平與梅芹的感情一天比一天好，是誰也看得出來的事。有些同事見到煥平，甚至會坦率詢問：

「甚麼時候請我們吃喜酒？」

對於這樣的問話，煥平雖不承認，但也不否認，唯其如此，事情就喧嚷開去了，有一家娛樂性報紙的記者曾經見到梅芹與煥平在諧街亞達菲酒店喝茶，竟將這件事當作新聞刊出。尚仁將這份報紙拿給煥平看，煥平說：

「這種事情，對於我，絲毫不會受到甚麼損害；對於梅芹，等於一種宣傳，他們要登，就隨他們去登吧。」

尚仁從煙盒中取出兩支香煙，遞一支給煥平，替他點上火，然後自己點上一支。尚仁一連吸了幾口煙之後，將話語隨同煙靄吐出：

「明天是星期六了，我休息。」

「有甚麼節目嗎？」

「想跟你一同到歌台去聽歌。」

「明天梅芹登台演唱了。」

「一點也不錯，」尚仁說，「正因為這樣，所以要走去歌台捧場。」

「好的，明晚我們一同去聽歌，然後找梅芹到加東或勿洛去消夜。」

事情就這樣決定。

# 四

星期六晚上的遊藝場總是那樣熱鬧的，不但娛樂場所擠滿了人，就連小商店或波仔台的生意也比平時好得多。尚仁與煥平走入歌台時，歌台裏黑壓壓地擠滿了觀眾。尚仁說：

「生意這麼好，可見梅芹號召力之強。」

「別忘記，今天是星期六。」煥平說，「不過，歌台生意好，對梅芹當然也有幫助。」

聽口氣，煥平好像在跟尚仁謙虛。尚仁覺得這種謙遜是不必要的，因此用試探的口氣問：

「煥平，我看你與梅芹的感情已到了應該論嫁娶的時候了！你有沒有向她表露過這種意思？」

煥平不答。

尚仁看出煥平有點窘迫，也就不再追問。不過，煥平既不否認，答案當然是肯定的。

在距離舞台相當遠的地方坐定，各自向「茶花女」要了飲料。尚仁低下頭去看腕錶，八點一刻。他們以為梅芹就會出台演唱的，伸長脖子等梅芹出場，等了一個鐘頭左右，才見到濃妝艷服的梅芹婷婷嫋嫋從後台走出。當她出場時，立刻引起如雷的掌聲。她很美。站在麥克風前，美得像一朵盛開的鮮花。

在歌台上，歌星每一次出場總唱一首歌就回後台。梅芹是所謂香港歌星，歌台方面要她每一次出場唱兩首歌，借此引起觀眾對她的注意。

梅芹唱了兩首歌，一首是〈聽我細訴〉，一首是〈王昭君〉。特別是那首〈王昭君〉，居然贏得了一個滿堂彩。

「她紅了。」尚仁說。

「如果台下對她的反應不好，歌台方面就不會與她續約了。」煥平說。

尚仁忍不住笑了起來，用輕鬆的語氣調侃他：

「你所關心的，就是這件事。其實，你是星加坡人，只要你跟她走去婚姻註冊署登記一下，她就可以在這裏長住了。」

煥平聽了這話，兩頰頓時漲得緋紅。

「不要開玩笑，好不好？」他說。

「我講的是正經，絲毫沒有開玩笑的成分。」尚仁說，「你們既然彼此相愛，結婚是最合理的結果。結了婚之後，梅芹就可以在星加坡長期居留了！」

煥平連忙點上一支煙，借此掩飾心情上的狼狽。尚仁是個聰明人，見此情形，只好將話題轉向別處。

這天晚上，梅芹出場三次，一共唱了六首歌。每一次出場時，更換一件不同的衣服。她是一個美人，穿甚麼衣服都很漂亮。

當她唱完最後一首歌時，煥平對尚仁說：「我們到後台去找她吃消夜。」

兩人站起，朝後台走去。當他們走入後台時，一眼就見到三四個男人圍着梅芹，跟她講話。起先，尚仁與煥平都以為是新聞記者，走近一看，才知道這種猜測是錯誤的。理由很簡單，如果這幾個人是新聞記者的話，他們不會不認識。

這幾個人究竟是誰？

老闆走過來跟尚仁打招呼，尚仁問：「包圍着梅芹的那幾個男人是誰？」

「都是有錢人。」老闆細聲說。

「梅芹怎會認識他們的？」

「梅芹並不認識他們，是他們走來找梅芹的。他們都是歌台老闆的朋友。」

「歌台老闆呢？」

「有事走了。」

「這幾個傢伙圍着梅芹做甚麼？」

「想請梅芹吃消夜。」

「梅芹有沒有答應？」

「就因為梅芹沒有答應，他們才這樣死纏着她。」

煥平年紀輕，容易動肝火，聽了這幾句話，大踏步走過去，對梅芹說：

「走過來，我有話跟你講！」

梅芹點點頭，然後堆上一臉阿諛的笑容，對那幾個包圍着她的男人說：

「對不起，我過去跟他講幾句話。」

那幾個男人轉過臉來，各自睜大怒目凝視煥平。煥平也同樣用怒目直勾勾地望着他們。

梅芹走過來了，用很低很低的聲音問：「甚麼事？」

「我們到勿洛吃消夜去！」煥平說出這句話時，語調中含有濃厚的命令意味。

「不行，」梅芹依舊低聲說，「今晚我不能陪你去吃消夜了。」

「為甚麼？」煥平問。

「因為，」梅芹頓了頓之後，說，「我已經接受他們的邀約了。」

煥平臉上立刻改換另一種表情，彷彿戴着的假面具忽然掉下來了。

「你答應跟我去吃消夜的，怎麼可以接受別人的邀約？」

「他們纏着我，已經有半個鐘頭了，再說，他們都是老闆的朋友。」

「老闆的朋友又怎樣？」

「煥平，何必發這樣大的脾氣，明天我陪你到荷蘭律的植物園去玩！」

煥平的臉色倏地轉青，睜大一對憤怒的眼，直勾勾地對梅芹呆望了片刻，雖不開口責罵，眼睛卻有一種比責罵更可怕的表情。梅芹並不愚蠢，知道自己的建議未能平息煥平的怒氣，正欲繼續解釋，煥平卻怒氣沖沖地掉轉身拉着尚仁朝外急走。

事情是在尚仁面前發生的，尚仁心裏當然明白。因此，走出歌台後，他就用略帶譴責意味的口氣說：

「你很自卑！」

煥平並不馬上開口，只是板着面孔，朝遊藝場旁門走去。走出旁門，便是停車場。尚仁的車子停在那裏。

進入車廂，尚仁一邊發動車子的引擎，一邊對煥平說：

「除非不出來唱歌，否則，這一類應酬是免不了的。」

尚仁企圖借此喚醒煥平的理智，要他將剛才發生的種種當作事實來接受。煥平卻老是板着面孔，不肯原諒梅芹的錯誤。

「到甚麼地方去吃消夜？」尚仁問。

煥平搖搖頭，表示不想吃。尚仁說：「這又何苦？」但是，煥平一定要回家，尚仁只好依從他。煥平的情感已受到相當嚴重的損害，乃是顯而易見的。在這種情形下，尚仁的勸慰當然不容易發生作用。

送煥平回家後，尚仁獨自走去廈門街吃蝦麵。儘管煥平生了那麼大的氣，他仍不覺得這是一件值得擔憂的事情。按照他的想法，為細故而吵架，是熱戀時必有的現象。

第二天，在編輯部見到施煥平，發現他的臉色很難看，尚仁用打趣的口氣問：

「昨晚失眠了？」

「沒有。」煥平稚氣地說。

「有沒有走去酒店找梅芹？」

「為甚麼走去找她？」煥平的語氣好像在吵架。

「她不是約你今天到植物園去？」

「誰高興去陪她？」

談到這裏，電話鈴響了，接聽電話的同事大聲嚷：「施煥平聽電話！」煥平立即走過去接聽。當他從同事手中接過電話筒後，說了一句「喂」字，繼而說了一句

「我就是」，然後用悻慍不悅的語氣說了一句「不去」，將電話擱斷。

尚仁見此情形，走上前去問他：

「梅芹打來的？」

煥平點點頭。

尚仁又問：「約你到植物園去？」

煥平點點頭。

至此，尚仁已知道事情的大概，原想勸他幾句，見他怒容滿面，只好歎口氣，回到自己的座位去做事。

煥平與梅芹之間的感情，因此起了變化。一連幾天，煥平沒有打電話給梅芹，也沒有走去歌台找她。至於梅芹，碰了那個釘子後，似乎也沒有再打電話給煥平。這樣的發展，使煥平感到意外。

一個周末的晚上，尚仁問煥平：

「這幾天沒有見到梅芹？」

「沒有。」煥平臉上露出鄙夷不屑的神氣。

「為甚麼不去找她？」尚仁問。

出乎意料之外，煥平竟反問尚仁：「為甚麼要去找她？」

尚仁「唉」了一聲後，用勸慰的口氣說：「上次的事，其實是不值得這樣惱怒的。在你，梅芹固然不應該接受那幾個男人的邀約，不過你也該設身處地想想，如果你是梅芹的話，處在那種環境裏，恐怕也會這樣做的。」

「我不會這樣做！」煥平粗聲粗氣說。

尚仁牽牽嘴角。露了一個不很自然的笑容，柔聲細氣對他說：

「事情已過去，你的怒氣也該平息了。今天晚上，我不必上班，陪你去聽歌。」

「不去！」煥平說。

「你仍在生梅芹的氣？」

「我另有約會。」

煥平既然這樣講，尚仁自不便勉強他。到晚上，獨個兒走去遊藝場聽歌。

因為是周末，遊藝場的遊客特別多。尚仁走入歌台，連座位也找不到。沒有辦法，只好到後台去走走。老闆見到他，問：

「今晚怎麼這麼早就來了？」

「今晚輪到我休息。」

「施先生呢？」

「煥平？他沒有來。」

這時候，打扮得十分花枝招展的梅芹婀婀娜娜地走來了。

「諸先生，好幾天沒有見到你了，你好嗎？」她用嬌滴滴的聲音問。

尚仁想問她有沒有見到煥平，但是，當着老闆的面，只好跟她談一些不着邊際的事。

老闆是這家歌台的導演，工作特別忙。尚仁與梅芹談話時，他就走到別處去了。他走後，尚仁才壓低嗓子問：

「煥平有沒有走來找你？」

「沒有。」

「有沒有打電話給你？」

「我打電話給他，他也不睬我。」梅芹說。

「你們原是好好的，不應該弄成這個模樣。」

「這有甚麼辦法？」梅芹說出這幾個字的時候，語氣中含有濃厚的悻慍意味。

「煥平是個善妒的人，」尚仁說，「那天晚上，他邀你出去吃消夜，你接受了別人的邀請，他就生氣了。」

「為了芝麻綠豆般小事而生氣，實在是不必要的！」梅芹臉上有了過分嚴肅的表情。

「其實，你是應該原諒他的。如果他不是那樣全心全意愛着你的話，他也不會這樣了。」

「我並沒有生他的氣，」梅芹說，「問題是，他不願意理睬我，我有甚麼辦法？」

尚仁笑了，邊笑邊說：「只要你不生氣，那就好了。我知道煥平是很喜歡你的。」

說到這裏，梅芹要出場了。尚仁說聲「再見」，走出後台。

尚仁不是一個喜歡管閒事的人，不過，他很關心煥平，總覺得煥平為一件小事發這樣大的脾氣，是感情的浪費。他有意在見到煥平時，勸他幾句。

在遊藝場兜了一個圈，沒有遇見一個熟人，索性穿過舞廳，到麻雀館去消磨時間。

走進麻雀館，見兩隻麻雀枱都有人在打牌，頗感意外。尚仁知道，這麻雀館的賭客多數是歌台上的工作人員，而這是歌台營業的時候，通常總不會有人開枱，即使有，最多湊成一枱。但是，這天晚上麻雀館的氣氛卻很熱鬧，不但兩隻牌桌都有人在作「手談」，而且還有兩個人坐在那裏等牌打。

「這是星期六，不願意悶在家裏的人就走到這裏來打牌了。」他想。

坐在兩隻牌桌邊打牌的人，仍以歌台中人居多。這些都是尚未搭到班子，或者剛從聯邦回到星加坡來的藝人。星馬著名藝員路丁，就是剛從聯邦回來招兵買馬的。

路丁正在打牌，見到尚仁，熱情地對他說：

「你來得剛好，我約好一個人在遊藝場見面，打完這一撲，給你打。」

尚仁笑笑，站在路丁背後看他打牌，路丁不但戲演得好，麻雀也打得不錯。打牌是一種娛樂。有時候，看別人打牌的娛樂性比自己坐下去打更濃。尚仁點上一支香煙，聚精會神地觀戰。

有一個小胖子走進來了。

尚仁轉過臉去一看，原來是著名諧角野峰。

「你不是在檳城？」尚仁問。

「是的，」野峰露了一個笑容，「我今天剛到這裏。」

「不回檳城去了？」

「過兩三天，就要回檳城去的。」

「忽然走來星加坡做甚麼？賭馬？」

「你知道我是不喜歡賭博的。」

「既然不喜歡賭博，走來麻雀館做甚麼？」

「找關新藝。」

「關新藝不在這裏。」尚仁說。

野峰遊目對麻雀館掃了一圈，不見關新藝，說了一句「我到遊藝場去看看」之後，掉轉身，朝遊藝場疾步走去。

路丁那撲牌仍未打完，尚仁閒着無聊，坐在沙發上閱讀《南方晚報》。讀過副刊裏的一篇雜文後，有人走來跟他打招呼。放下手裏的晚報，抬起頭來一看，原來是那家歌台的男歌星林耕。

「你怎會有空的？」尚仁問。

「今晚上演新戲，我沒有份。」林耕說。

「走來打牌？」

「打牌的興致倒沒有，只因肚子餓了，想走來找個熟人一同到三龍街去吃東西。」

尚仁霍地站起：「既然這樣，我請你去吃吧。我也肚子餓了。」

正在打牌的路丁見尚仁走出麻雀館，彷彿被人刺了一針似的叫起來：

「老諸，你不是走來打牌的，怎麼走啦？」

「吃過東西再來！」尚仁說了這句話之後，偕同林耕前往三龍街。

三龍街距離新世界遊藝場不遠，走幾分鐘就到。這條街邊，有不少大牌檔，人行道上放些枱凳，食客們就在露天吃東西。這裏出售的多數是粵點，有糯米雞、有蒸雞腿、有叉燒包、有蝦餃……花式相當多，而且味道也好，所以歌台中人做完了工作，要是不想走去加東或勿洛吃消夜的話，就會到三龍街去吃。

因為時間還早，吃東西的人雖有，卻不多。尚仁與林耕選了一個靠牆的座位，向大牌檔的夥計要了幾碟點心。當他們吃東西的時候，林耕說：

「前些日子，有些報紙說你們報館有個姓施的同事與梅芹打得火熱。」

「是的，」尚仁說，「據我所知，他們的感情相當好。」

「感情相當好？」林耕問。

「你好像不相信報紙上的記載似的？」

林耕正欲開口，那夥計將他們要的點心端來了。林耕用筷子夾了一個雞腿往嘴裏一塞，邊咀嚼邊說：

「有一件事，你知道不知道？」

「有甚麼事情？」

「梅芹這一次到我們歌台來演唱後，與巫浩很接近。」

「巫浩是誰？」

「難道你連巫浩的名字也沒有聽過？」林耕說，「他是一個百萬富翁，著名樹膠商，對娛樂事業頗有興趣，曾經擔保過一班香港歌舞團到星馬來演出。」

「我與梅芹也相當熟，可是她從來沒有在我面前提到過巫浩。」

「巫浩與梅芹接近，還是最近的事。最近這幾晚，梅芹總是陪巫浩出去吃消夜的。」

「這樣說來，梅芹一定很喜歡巫浩了。」

「喜歡不喜歡，除了梅芹本人，別人不會知道。像梅芹這樣的歌星，追求她的人那麼多，她對誰付出真摯的感情，別人當然不會清楚。不過，有一點我倒是曉得的。」

「甚麼事情？」尚仁問。

「巫浩慫恿梅芹與歌台的合約期滿後，回到香港去組一班歌舞團到星加坡來，由他擔保。」

「梅芹怎樣表示？」

「有一位女歌星告訴我，梅芹對這個建議相當有興趣。事實上，只要巫浩肯做她的經濟後台，梅芹沒有理由不接受這個建議。香港歌舞團到星馬來演出，有的固然弄得焦頭爛額，但是，也有撈到滿盤滿缽的。梅芹並不愚蠢，當然知道做班主的收入遠較做歌星為多。」

「這樣說來，梅芹與巫浩接近可能是為了談公事。」尚仁說。

「可能的，」林耕說，「不過，梅芹每晚陪巫浩去吃消夜，是事實。」

聽了林耕的話，尚仁不能不替施煥平擔憂。

第二天，在編輯部見到施煥平時，尚仁將他拉到報社隔壁的小酒吧去喝酒。尚仁用嚴肅的口氣對煥平說：

「昨天晚上，我在麻雀館遇到一個男歌星。從他的嘴裏，我知道有一個百萬富翁正在追求梅芹。」

施煥平舉起啤酒杯，骨嘟骨嘟，連喝數口，然後用手背將嘴唇上的泡沫拭去後，聳聳肩，露了一個滿不在乎的神氣。

「這是她的事，」煥平說，「她願意與誰接近，就與誰接近，沒有人可以阻止她。」

「煥平。」

「怎麼樣？」

「我知道你早已將真摯的感情交給梅芹了，你之所以固執地不去找她，只有一個原因：想維持一己的自尊。」

施煥平雖不承認，但也並不否認，只是舉起酒杯，企圖憑藉喝酒的動作去掩飾心情上的狼狽。

尚仁正正臉色，用嚴厲的口氣說：

「煥平，你要是真心愛梅芹的話，就該走去找她一次了。不必向她道歉，但是，你必須設法冰釋彼此間的誤會。」

煥平低頭不語。

尚仁加上這麼幾句：「我對你講這些話，因為我比別人更了解你。現在，我站在一個好朋友的立場勸你去找一次梅芹！如果你現在不去找她的話，將來一定會後悔的！」

煥平舉起酒杯，將杯中酒一口喝盡，站起身，對尚仁說：

「我要到飛機場去採訪新聞。」

「走吧，」尚仁說，「做完工作後，到酒店去找一次梅芹！」

既不點頭，也不搖頭，煥平彷彿受窘似的，大踏步走出酒吧。尚仁望着他的背影，不自覺地歎了一口氣。他相信煥平會接受他的勸告。

傍晚時分，尚仁在編輯部做工時，煥平走來了。尚仁抬起頭來望望煥平，發覺他的表情很難看。

為了尋求一個問題的解答，尚仁放下手裏的筆，走到煥平面前，用很低的聲音問：

「怎麼啦？」

煥平不答。

尚仁繼續用很低的聲音問：

「有沒有去找梅芹？」

「從飛機場回來，經過那家酒店，我走去找她。」

「見到她沒有？」

「見到了。」

「她對你說些甚麼？」

「甚麼也不說。」

「你呢？」

「我也一句話也不講。」

「為甚麼？」

「因為……」煥平說出這兩個字的時候，臉上的表情更加難看了，說是痛苦，倒也有點像憤怒。然後費了很大的勁，才將下面的話講出來，「她……她房內還有一個男人。」

「那個男人是誰？」

「我不認識。」

「梅芹有沒有跟你們介紹？」

「我見到那個男人，一言不發，就退了出來。」說到這裏，煥平低着頭，讓一些胡思的猜測痛苦自己。

尚仁比較冷靜，細辨煥平講的話語，總覺得煥平沒有將事情弄清楚就困擾成這個樣子，是不對的。

「也許事情並不如你想像中的那樣可怕，」他說，「梅芹是個歌星，而且是一個相當走紅的歌星，走去找她的人，一定很多。你剛才見到的那個男子，未必就是她的愛人，說不定是新聞記者，也說不定是歌台的同事。總之，你不能將猜想當作事實。」

聽了這番話，煥平不但不像先前那樣憤怒，抑且有點追悔了。經過一番思考後，他說：

「可能我的猜想是不對的。」

「我敢斷言，你的猜想是錯誤的。」尚仁故意這樣說。

「我該怎麼辦？」

「打一個電話給她。」

「向她道歉？」

「不，不是向她道歉，」尚仁說，「你應該給她一個解釋的機會。」

煥平承認這是合理的做法，但是，一種男性的自尊使他沒有勇氣將電話聽筒拿起來。尚仁看出這一點，當即加重語氣說了這麼一句：

「打一個電話給她！」

經過一番躊躇後，煥平終於撥了一個電話給梅芹。當他與梅芹通話時，尚仁知趣地走去洗手間。

尚仁從洗手間走出來，發現煥平已將電話擱斷，走上前去，問：

「她怎樣說？」

「她說，剛才那個男人是唱片公司的代表，想請她灌唱片。」

尚仁忍不住笑了起來：「你瞧你這個人，事情沒有弄清楚，就大發脾氣，現在應該知道自己錯了？」

煥平點點頭。

尚仁又問：「你甚麼時候跟她見面？」

煥平用蚊叫般聲音答：「我沒有跟她約好。」

「為甚麼不約？」尚仁問。

煥平無法回答這個問題。尚仁加重語氣說：

「今天晚上到歌台去請她吃消夜！你們之間的誤會實在太多，必須好好解釋一下！」

這幾句話含有顯明的命令意味，煥平卻一點也不生氣。煥平知道尚仁是善意的。

這天晚上，煥平獨個兒到歌台去找梅芹。尚仁則在報館做工。做完工作後，跟兩位同事到廈門街去吃蝦麵。對煥平與梅芹見面後的情形，他是不知道的。第二天下午，走去報館時，沒有見到煥平。閒着無聊，坐在寫字枱前閱讀報紙。一張當日出版的娛樂報，以最顯著的地位刊出一則內幕的報道，說梅芹已有新戀，且明白指出：那個「新戀」就是著名樹膠商巫浩。

尚仁讀了內文，連忙將報紙放回報架，暗忖：「施煥平是個善妒的男人，讀到這篇報道，感情一定會受到極大的傷害。」正這樣想時，煥平來了。尚仁急於知道昨晚的情形，笑嘻嘻地迎上前去，低聲問：

「昨天晚上在甚麼地方吃消夜？」

「沒有吃。」煥平用冷冷的口氣答。

「你不是走去歌台找梅芹？」尚仁問。

「是的，我昨晚走去歌台找梅芹。」

「既然這樣，為甚麼不去吃消夜？」

「我邀她到加東去吃消夜，她不去。」

「為甚麼？」

「她說，已經約好別人了。」

「約好誰？」

「她沒有講，我也沒有問。」

至此，尚仁知道煥平與梅芹的感情已起變化，不敢多說，只好回到自己的座位去開始工作。他不能集中精神去做工，因為腦子一直在想着煥平的問題。他知道煥平是個感情非常脆弱的人，脆弱得像玻璃。如果煥平與梅芹之間的裂縫無法彌補的話，後果就不堪設想。

偶然的一瞅，竟見到煥平走去報架拿報紙了，而且拿的正是那一份報紙。

「糟糕！」尚仁心中暗忖，「他一定會讀到那一則報道的。」

望望煥平。

煥平伏在桌上，聚精會神去閱讀報紙上的記載。他的臉色很難看，一陣發紅，一陣發青，足見其內心的混亂。尚仁無法猜測這件事將發生甚麼樣的後果，但是，他不能不為煥平擔憂。煥平是一個沒有經驗的青年，頭腦簡單，感情容易衝動，遇到這樣的事，是否能夠保持理智的清醒，實屬疑問。

就在這時候，煥平霍地站起，悻悻然朝外急走。他沒有將那份報紙放回報架。尚仁受了好奇心所驅，走過去察看煥平剛才閱讀的究竟是不是那一則報道。一點也不錯，煥平閱讀的，正是那一則報道。尚仁將報紙放回報架。

「煥平到甚麼地方去了？」他想，「會不會走去找梅芹？」

這只是一種猜測，可能性雖大，猶待事實證明。

約莫過了一個鐘頭左右，電話鈴響了。尚仁將電話聽筒往耳畔一按，聽到一個女人的聲音。

「請諸尚仁先生聽電話。」

「我就是，」尚仁說，「請問貴姓？」

「我是梅芹。」

聽說是梅芹，尚仁不能不感到意外，「噢」了一聲後，說：

「原來是梅小姐。有甚麼事？」

「你現在有空嗎？」

「有空，有空。」尚仁答。

「我想跟你見一次面。」

「好極了，」尚仁問，「甚麼地方？」

「萊佛士坊有一間 GH 咖啡店，你知道不知道？」

「知道。」

「一刻鐘之後，在 GH 見面，好不好？」

「好的。」說出這兩個字後，尚仁放下電話聽筒。將枱子上的稿件收在抽屜裏，站起，疾步走出報館，搭乘三輪車前往萊佛士坊。坐在三輪車上時，心中只有一個問題。

「梅芹為甚麼約我見面？」

抵達GH咖啡館，梅芹還沒有到。尚仁向侍者要了奶茶。當侍者將奶茶端到他面前時，梅芹走進來了。尚仁連忙站起身，跟她握手。梅芹拉開凳子與尚仁相對而坐，笑容也不露。

「喝甚麼？」尚仁問。

梅芹向侍者要了一杯咖啡。

尚仁從口袋裏掏出煙盒，打開遞一支給梅芹，梅芹搖搖頭。從梅芹的臉部表情上，尚仁看出她內心中有怒火在燃燒。不僅如此，尚仁還發現她的眼圈微微發紅，顯示她已哭過了。尚仁點上一支煙後，問：

「怎麼啦？」

在答覆這個問題時，梅芹低着頭，雖然語調低沉，話語卻是從齒縫中說出來的：

「他打了我一巴掌！」

「誰？誰打你一巴掌？」尚仁問。

「除了施煥平，還有誰？」

「他為甚麼打你？」

「誰知道？」梅芹一邊用手絹拭乾淚眼，一邊抖聲說，「剛才，我在酒店房內背歌詞時，他忽然怒氣沖沖走了進來，走到我面前，說了一句『你這個不要臉的東西』，就摑了我一巴掌……」說到這裏，心一酸，抽抽噎噎哭了起來。

梅芹也許還不明白煥平為甚麼這樣做，尚仁對煥平此舉的動機倒相當清楚。因此，等梅芹遏止內心的激動時，尚仁說了這麼一句：

「他在吃醋。」

「吃醋？」梅芹用詢問的語氣重複這兩個字，顯然不了解尚仁此語的含意。

「有一張今天出版的娛樂性報紙上刊出一則有關你的新聞，你有沒有看到。」

「沒有，」梅芹抬起頭來，「那則新聞講些甚麼？」

「那新聞說你與一個姓巫的男人打得火熱。」尚仁說。

梅芹聽了這句話，更加生氣，說話時，不由自主地將語調提高：

「就算我與巫浩打得火熱，他也沒有理由打我的！何況，我與巫浩接近，完全因為巫浩慫恿我回香港去組班。」

「關於巫浩慫恿你組班的事，我也略有所聞。前兩天，我走去麻雀館打牌，就有人將這件事當作新聞講給我聽。」

「組班是一件光明正大的事，沒有必要隱瞞。事實上，巫浩常常來找我商談這個問題，歌台上的人多數都知道。」

「煥平不知道。」

「這是他的事！」梅芹說。

尚仁連吸幾口煙，企圖憑藉這個動作，讓梅芹冷靜下來想想。經過一兩分鐘的靜默後，他用極其溫和的語氣勸慰梅芹：

「煥平動粗，是一種不可饒恕的錯誤。不過，想深一層，我認為你還是要原諒他的。你想，如果煥平不是全心全意愛你的話，看了那張報紙的報道，怎會衝動得做出這種事情來。」

梅芹將頭搖得如同撥浪鼓一般，說了這麼一句：

「我不會原諒他的！」

口氣冷得像一塊冰，使尚仁知道梅芹已決定與煥平一刀兩斷了。尚仁並不愚蠢，煥平既然犯了這樣大的錯誤，梅芹不採取報復行為，已算厚道，若要梅芹寬恕煥平的粗魯，當然是做不到的。縱然如此，尚仁依舊想抓住這個機會，作最後的努力。

「梅小姐，煥平是很愛你的，據我所知，他已經將所有的希望寄存在你的身上了。你不肯原諒他的錯誤，他……」說到這裏，故意頓一頓，然後加重語氣，說出這麼一句，「他一定受不了這樣的打擊！」

梅芹並不立即開口，態度忽然持重起來。尚仁知道梅芹正在冷靜地考慮這件事，也不再說甚麼。兩人默默相對了好大一陣子，梅芹才慢條斯理地搖搖頭。這一個動作，使尚仁不但感到驚詫，而且非常失望了。他只是睜大眼睛投以詢問的凝視，等她解釋。梅芹明白他的意思，遂用歎息的聲音說：

「他今天的行為，使我非常失望。我是絕對不會原諒他的……我不願再跟他見面！」

這是結論。

如果這一番話在梅芹剛進來時說的，尚仁一定會設法喚醒她的理智，然而這是經過考慮後說出的話，尚仁當然不便再說甚麼。

梅芹搶着付茶錢，表示她要走了。等找續的時候，她說：

「對不起，我浪費你太多的時間。我之所以約你出來飲茶，只想告訴你兩件事：（一）煥平摑了我一巴掌；（二）請你轉告煥平，叫他以後不要來找我！」

侍者送找續來。梅芹拿了錢走出GH咖啡館。尚仁說：

「我的車子壞了，讓我僱一輛的士送你回酒店。」

「不必了，」梅芹說，「我還要到別處去。」說着，婀婀娜娜地朝紅燈碼頭走去。

尚仁望着她的背影，心中暗忖：

「煥平是個聰明人，卻做了一件非常愚蠢的事情。現在，他必須將梅芹忘記，否則，他一定會跌入痛苦的深淵。」

這樣想時，有一輛三輪車過來了，忙不迭揮手截停，回報館。

走進編輯部，有一位同事彷彿談論甚麼機密大事似的，用很低很低的聲音對他說：

「煥平在隔壁酒吧。」

「做甚麼？」

「獨自一個人在喝酒，忽哭，忽笑，好像喝醉了。」

尚仁當即走去酒吧，果然見到煥平獨自一個人坐在角隅處喝酒。

當他與煥平同桌而坐時，他發現煥平已有三分醉意。

「為甚麼獨自一個人走來喝酒？」尚仁問。

「悶得很！悶得很！」煥平放開嗓子嚷。

尚仁明知煥平已喝了幾杯酒，依舊企圖借此喚醒他的理智。

「煥平，」他壓低嗓子說，「你是一個聰明人，為甚麼要做出這種愚蠢的事？」

「我做了甚麼？」

「你怎麼可以擊打梅芹？」

「誰告訴你的？」煥平粗聲粗氣問。

尚仁不答。

煥平眉頭一皺，眼珠子骨溜溜地轉來轉去，忽然若有所悟地「噢」了一聲，臉上出現比哭還難看的笑容：

「我知道了！是那個下賤女人講給你聽的！」

「煥平！你怎麼可以講這種話？」

「為甚麼不能講？她……她原是一個下賤的女人，我瞎了眼睛，才會將真摯的感情交給她！我……我……」說到這裏，竟像一個弱女似的哭了起來。

尚仁並不立即開口，只是怔怔地望着他，看出他內心中混亂，不能不對他寄予無限的同情。問題是，煥平已喝過不少酒，企圖在這時候喚醒他的理智，當然不可能。

將眼淚拭乾後，煥平舉起酒杯，骨嘟骨嘟，將杯中酒一口喝盡。然後吩咐酒吧夥計再拿一杯來。

「不能再喝了。」尚仁忙加阻止。

但是，煥平說甚麼也不肯接受尚仁的勸告，又向夥計要了一杯烈性酒。

煥平好像存心跟自己搗蛋似的，夥計端酒來，他就將酒一口喝盡。尚仁見此情形，不能不講幾句坦率的話語，阻止他繼續做愚蠢的事情。

「我知道你心情不好，但是，酒液不會給你任何幫助。」他說，「如果你依舊愛梅芹的話，就該馬上停止喝酒，保持理智的清醒，今晚走去歌台道歉！事實上，無論你有甚麼理由，你都是不應該摑她的！」

尚仁的話，有如一把刀，嚴重地砍傷了煥平的自尊。煥平扁扁嘴，臉上的怒容加深，不開口，只是將空酒杯在桌面上敲了幾下。那夥計並不愚蠢，唯恐煥平發酒瘋，見他用酒杯敲桌面時，三步兩腳走到他面前。

「要甚麼？」他問。

「再來一杯！」煥平聲似裂帛。

那夥計是認識煥平的，知道煥平已喝了過量的酒，聽了這句話之後，立即偏過臉去對尚仁投以詢問的凝視。他知道尚仁是煥平的同事，而且是清醒的。

尚仁搖搖頭，意思叫夥計不要再拿酒給煥平。夥計走開了。

這樣一來，煥平彷彿受了極大的侮辱似的，憤然將玻璃杯摔在地上。地是階磚鋪的，杯子着地後，玻璃屑子四處飛濺。尚仁吃了一驚。所有在場的人也都吃了一驚。別人以為煥平在發酒瘋，其實，尚仁知道煥平有氣無處出，企圖借此作為一種宣洩。那夥計忙不迭走到後邊去，拿了掃帚與簸箕出來，一邊嘀咕，一邊掃除地上的玻璃屑子。煥平放開嗓子嚷：

「再來一杯！」

尚仁站起來，走到煥平面前，伸出手去攙他，用溫和的口氣對他說：

「回報館去吧。」

「不去！」

「你還有許多工作沒有做，」尚仁說，「這幾天，社長對你的工作態度已經有點不滿意了。你要是再不把工作做好，他一定會生氣的。」

「他要生氣，就讓他生氣好了！」

「煥平，你不怕炒魷魚？」

煥平忽然縱聲大笑，笑聲很刺耳。當他斂住笑容後，他說：

「炒魷魚？我死也不怕，還怕炒魷魚？」

煥平忽然提到「死」字，使尚仁難過得好像長針刺心。尚仁不知道煥平是真醉抑或假醉，不過，有一點卻是可以確定的：讓煥平繼續留在酒吧裏，是一件相當可怕的事情。

「回報社去吧。」

說了這句話之後，尚仁用蠻力企圖將煥平拉去報館。想不到正在盛怒中的煥平忽然揮了尚仁一拳，使尚仁再也不能保持應有的冷靜。

雖然沒有回擊，但也不再理睬煥平了。煥平愛做甚麼，就讓他做甚麼。尚仁自己則懷着一肚子的怒氣，悻悻然朝外急走。

回到編輯部，坐在寫字枱前發愣。

當酒吧的夥計氣急敗壞地疾奔而至時，已是十分鐘過後的事。那夥計踏進編輯室之後就大聲喚叫尚仁：

「諸先生，你快來！」

正在發愣的尚仁，聽了夥計的話，大吃一驚，站起身迎上前去，問：

「甚麼事？」

「那施先生在酒吧大發酒瘋，你走後，他將酒吧裏的東西亂摔，現在……」

「怎麼樣？」

「他用玻璃片割脈管！」

夥計的話語，引起了編輯部同事的注意。當尚仁疾步衝出編輯部的時候，幾個同事，受了好奇心所驅，也跟着走去酒吧看熱鬧。

走進酒吧，尚仁見到酒吧老闆與兩個廚司正在用蠻力捉住煥平的手臂，阻止他用玻璃片割破脈管。

察看煥平的手腕。

那手腕上有一條傷痕，並不嚴重。

「煥平！」尚仁故意吊高嗓子說，「你是一個聰明人，怎麼可以做出這種愚蠢的事情？」

煥平圓睜怒目，吐了一口痰在尚仁臉上，沒好氣地說：「你也不是好東西！滾！」

雖然受了這樣的侮辱，尚仁並不生氣。基於下面幾個理由，他必須送煥平回家：（一）這是酒吧，讓煥平繼續在酒吧亂來，會使報館的聲譽受到損失；（二）他是煥平的朋友，不希望他當眾出醜，更不希望他做出愚蠢的事；（三）他知道煥平喝醉了。

依照尚仁的想法，一個喝醉酒的人當然不會保持理智的清醒。所以，他的行為雖然粗魯，卻是可以原諒的。

有了這樣的想法，尚仁在幾個同事協助下，將煥平拉出酒吧。

送煥平回家時，尚仁察看他的手腕。傷處雖不嚴重，動機卻極可怕。尚仁原想勸慰煥平幾句的，卻說了一些近似譴責的話。煥平的感情顯已混亂到了極點，剛上車的時候，老是縱聲大笑，笑得像個瘋人，將抵家門的時候，卻忽然放聲大哭。

這種情緒上的不安，使尚仁非常擔憂。當他見到煥平的母親時，他說：

「煥平心情不好，在報館隔壁的酒吧喝了過量的酒。」

「他是不喜歡喝酒的。」煥平的母親說。

尚仁唯恐引起老人的擔憂，不敢將煥平用玻璃片割破脈管的事實講出。他只是這樣說：

「煥平的心情不好。」

「他的心情為甚麼不好？是不是報館的工作做得不愉快？」

「工作上，是沒有甚麼問題的。」

「既然這樣，他的心情為甚麼不好？」

尚仁還是不敢說出實情，臨走，對老人家說了這麼一句：

「好好照顧他。」

尚仁匆匆趕回報館。報館裏還有許多工作等他去做。當他走進編輯部的時候，酒吧老闆正在嘩啦嘩啦要報館當局賠償他的損失。編輯部的同事們各自睜大眼睛望着，將他當作舞台上的小丑。尚仁見此情形，連忙走上前去對酒吧老闆說：

「酒吧方面蒙受的損失，如果施煥平不肯賠償的話，我賠。」

酒吧老闆獲得這樣的保證後，才板着面孔離去。由於酒吧老闆這麼一吵，使編輯部同事對這件事都感到了極大的興趣。當尚仁坐在寫字枱前時，好幾個同事圍攏來，異口同聲向他詢問：

「施煥平怎麼樣？」

尚仁不願意討論施煥平的問題，愛理不理答了這麼一句：

「沒有事了。」

同事們看出尚仁無意多講，紛紛回座做工。尚仁也開始工作了。當他工作時，他一直在想着施煥平的事情。依照他的看法，梅芹是不會跟施煥平繼續來往了。問題是，施煥平是否受得起這樣的打擊。

第二天，施煥平沒有返工。

第三天，施煥平沒有返工。

尚仁以為煥平病了，抽空走去看他。當他見到煥平的母親時，他問：

「煥平不舒服？」

「沒有喲。」

「他已有兩天沒有到報館來做工了。」

「兩天沒有到報館去做工？」

「難道你不知道？」

「他每天一早就出街，到深夜才回來。我只當他是走去報館做工的。」

「他已經兩天沒有到報館了。」

「他為甚麼不返工？」

「這正是我想知道的事情。」尚仁說，「今天晚上，他回來後，你必須勸他返工，要不然，報館方面可能會將他辭退。」

煥平的母親點點頭，臉上的表情顯示她有了不可掩飾的憂慮。

第二天，煥平依舊沒有返工。社長知道尚仁與煥平私交不錯，走去問尚仁：

「施煥平已有三天沒有到報館來做工了，知道甚麼原因嗎？」

「也許病了。」

「如果有病的話，應該請假才對。」

「昨天，我曾經到他的家裏去過一次。」

「他怎樣講？」

「他不在家，」尚仁說，「他的母親告訴我，他每天一早出街，要到深夜過後才回家。」

「他在外邊做甚麼？」

「除了他本人外，誰也不知道。」

社長歎口氣說：「施煥平的工作態度一向很認真，最近似乎有點不大對勁。」

尚仁正要開口，案頭的電話鈴響了。尚仁拿起電話聽筒，聽到一個女人的聲音。

「請諸尚仁先生聽電話。」

「我就是，」尚仁說，「你是哪一位？」

「我……我是施煥平的母親。」

「噢，施老太，有甚麼事嗎？」

「煥平昨……昨晚沒有回家！」

「你的意思是，煥平於昨天早晨出街後，一直到現在還沒有回家？」

「是的。」

「這是怎麼一回事？」

「諸先生，請你幫幫我的忙，設法將他找回來！」

「施老太，請你千萬不要擔憂，我一定會設法將他找回來的。」

施老太抖聲說了一句「謝謝你」之後，將電話擱斷了。尚仁放下電話聽筒，對社長說：

「這是施煥平的母親打來的電話，她說，施煥平昨天晚上沒有回家。」

社長皺緊眉頭，對施煥平的行為顯然有點擔憂。

「依我看來，施煥平一定有不可化解的心事了。」他說。

尚仁不答。

「前些日子，」社長說，「我曾經在一張娛樂性的報紙上看到一則關於施煥平的新聞，說他與一個香港來的歌女在談情說愛。有這件事嗎？」

尚仁原不打算將施煥平與梅芹的關係講給社長聽的，現在，社長既然主動提到這件事，他不能不點頭。

「有一個時期，他與一個姓梅的歌女，感情相當好。不過，現在似已起了變化。」尚仁說。

「起了變化？」社長問。

「為了一件芝麻綠豆的事情，兩人鬧翻了。」

「如果是這樣的話，那就非常危險了。」社長說，「煥平這個人，相當單純，受了刺激，甚麼事都做得出來。你是他的好朋友，應該設法勸勸他才對。」

這時候，報館的傳達疾步走過來對尚仁說：
「諸先生，有個女人走來看你。」
「一個女人？」
「她說姓梅。」
尚仁知道梅芹來了，疾步走去大門口，定睛一瞧，果然是梅芹。
「你怎會走來的？」尚仁問。
梅芹臉上有過分嚴肅的表情，說話時，因情緒緊張而略帶口吃：
「我……我收……收到他……他的信！」
「誰的信？」
「施煥平派人送給我的。」
尚仁聽了這話，當即將梅芹引至會客室，坐定，掏出煙盒，遞一支給她。她搖搖頭。
「施煥平在信上說些甚麼？」尚仁問。
「他……他說他已失去繼續生存的勇氣，決定自殺了！」

尚仁聽了這話，臉色倏地發青：「甚麼？他決定自殺？」

梅芹打開手袋，從手袋中取出一封信。當她將這封信遞與尚仁時，她的手指在發抖。

從開了口的信封中取出信箋，尚仁見到了熟悉的字跡。那是施煥平的親筆信。信的內容很簡單，只是告訴梅芹：他決定自殺了。至於自殺的理由，煥平在信中這樣寫：

「……失去了你，我就失去繼續生存的勇氣。我恨你，但是，我依舊愛你……」

讀到這裏，尚仁止不住一陣刻骨的悲酸，差點沒流了眼淚。多麼悲傷的語句！多麼複雜的感情！

將信交還給梅芹時，尚仁問：

「甚麼時候收到這封信的？」

「半個鐘頭之前，我收到這封信後，馬上趕到這裏。」

「剛才你說，信是煥平派人送給你的？」

「不錯。」

「你認識那個送信的人嗎？」

「不認識，」梅芹說，「那是一個馬來小童。」

「照這樣看來，煥平雖有自殺的意圖，此刻可能還沒有死。如果能夠及時找到他的話，悲劇就不至於發生了。」

「到甚麼地方去找他？」

尚仁皺眉尋思，然後對梅芹說：「我陪你到馬打厝去一趟。事情既已有了這樣的發展，報警是理智的做法。」

為了爭取時間，兩人帶着激動的心情前往最近的馬打厝報警。

警方向他們提出一些必要的詢問，尚仁與梅芹分別答覆，當警方向尚仁索取煥平的照片時，尚仁不能不打電話給施煥平的母親了。施老太獲悉此事後，急得連口也開不出。隔了很久，才說：

「我馬上就來。」

坐在馬打厝的長椅上，梅芹依舊無法抑制紊亂的情緒，用手絹去拭淚，尚仁說：

「擔憂是沒有用的，我們只有希望他不要做出愚蠢的事情。」

約莫過了一刻鐘左右，施老太搭乘的士趕到馬打厝。當她將煥平的照片交給警方時，竟嘩啦嘩啦哭起來。警方向她提出詢問時，她一邊哭，一邊答，那種悲傷而又彷徨無主的神情，令人看了心酸。

警方獲得了必要的資料後，答應立刻展開搜尋。施老太在離開馬打厝之前，還哭哭啼啼地說：「一定要找到他！無論如何要找到他！」

走出馬打厝，尚仁先送施老太回家。坐在車廂裏的時候。施老太憂心似焚，邊哭邊說：「他是一個聰明人，為甚麼要做這種愚蠢的事情？」

尚仁說了許多勸慰她的話，但是一點用處也沒有。在目前這種情形下，除非施煥平回到家裏，否則，施老太再也無法保持心境的平和。

送施老太回家後，尚仁繼續駕車送梅芹回酒店。在前往酒店的途中，梅芹說：

「施煥平的母親真可憐！如果煥平有甚麼三長兩短的話……」

不等梅芹將話講完，尚仁接口便說：

「她的確是個問題！」

梅芹不再說甚麼。她的感情很混亂，焦急、憂慮、追悔……使她得不到內心的平和。儘管煥平在那封信上說是「依舊愛她」，梅芹對他卻一點愛戀也沒有。她只覺得施煥平太傻。

與梅芹分手後，尚仁回報館去做工，他並沒有將這件事情講給同事們聽。

警方展開搜尋工作之後，一直沒有找到線索。施老太打電話給尚仁，問他：「警方有沒有消息？」尚仁說是沒有。施老太在電話中抽抽噎噎哭了起來。

這天晚上，尚仁放工後，既不到遊藝場去，也不去吃消夜。他很疲倦，必須回家去，好好睡一覺。但是，躺在床上時，心煩意亂，怎樣也無法入睡。

第二天下午，當他在編輯部工作時，警方打電話來了。

警方在白沙海面發現一具浮屍。死者身上並無可資證明的文件，不過，外形與施煥平十分相似。

尚仁當即趕去殮房認屍，終於證實了警方的猜測，死者就是施煥平。

他不能不走去施家了。明知施老太受不了這樣的刺激，也必須將噩耗講給她聽。

施老太獲悉煥平已不在人世時，頓時暈了過去。尚仁連忙將藥油搽在她的鼻孔與太陽穴上。

蘇醒後的施老太哭得死去活來，一再企圖以頭撞牆。尚仁見此情形，難過得噙了眼淚。

當他離開施家時，施老太的悲傷情緒雖然沒有減少，理智已恢復清醒。

尚仁走去酒店找梅芹，酒店的夥計說她已出街。

「到甚麼地方去了？」尚仁問。

「不知道。」夥計答。

尚仁以為梅芹在歌台練歌，當即駕車到新世界去。抵達歌台，不見梅芹，卻見到了老闆。

「梅芹有沒有到這裏來過？」他問。

「來過又走了。」老闆答。

「去甚麼地方？」

「不知道，」老關說，「剛才，她在這裏練歌時，巫浩走來找她。」

「那個慫恿她回港去組班的巫浩？」

「正是他。」

「梅芹跟他一同走的？」

「不錯。」老關答。

既然找不到梅芹，只好懷着沉重的心境回報館。回到報館，立刻意識到氣氛的緊張。施煥平跳海自殺的事情，使每一個同事都感到詫異。大家交頭接耳，都在討論施煥平突萌短見的原因。有人以此詢問尚仁，尚仁用一聲歎息代表回答。

這天晚上，尚仁提前收工，趕去遊藝場找梅芹。當他見到梅芹時，他問：

「你知道不知道？」

「甚麼事？」

「他們已經在白沙海面找到施煥平的屍體了！」

聽了這話，梅芹倒抽一口冷氣，兩隻眼睛睜得又圓又大。她沒有流淚。這噩耗使她驚詫得一若挨了晴天霹靂。她只是呆呆地坐在那裏，隔了很久很久，才用微抖的語調問：

「跳海？」

「警方已證實了這一點。」

梅芹低着頭，視線落在地板上，半晌過後，說了一句：

「他真傻！」

尚仁並不立刻開口，怔怔地望着她，細味她的話意。尚仁不能確定這句話的意思是施煥平不應該跳海自殺，抑或不應該將真摯的感情交給她。

經過一番難堪的噤默後，有人走來叫梅芹出台演唱了。尚仁站起，說：

「我要走了。」

「甚麼時候再來？」

「有空，我會走來找你的。」

第二天，星加坡各報皆以顯著的地位刊出施煥平自殺跳海的新聞。由於施煥平本身是位新聞記者，而事情又牽涉到歌星梅芹，所以引起了廣泛的注意。

這一天，尚仁案頭的電話機幾乎不間歇地發出鈴聲。凡是認識他同時也認識施煥平的朋友，讀了報紙上的記載，紛紛打電話給他，詢問煥平自殺的原因與經過。

起先，尚仁對朋友的詢問，盡可能予以適當的答覆，後來，因為電話實在太多，影響了工作情緒，使尚仁對朋友的詢問只好採取敷衍的態度。到了晚上，電話鈴聲依舊不絕於耳，尚仁感到憎嫌，每一次拿起電話聽筒，總是這樣說：

「報上的記載，比我知道的更清楚。」

當他做完一天的工作後，他走去遊藝場找梅芹。當他走入後台時，不見梅芹。問老關：

「梅芹走了？」

「是的，」老關說，「有一幫人請她吃消夜。今晚走來找她的人特別多，都是向她詢問煥平自殺事件的。」

「梅芹的情緒怎麼樣？」

「我們從報紙上獲悉此事之後，以為梅芹的情緒一定會低落的，但是，事實與我們的猜想並不吻合，梅芹的情緒很輕鬆，有說有笑，好像根本沒有發生過這件事似的。」

尚仁聳聳肩，走出歌台。但覺得梅芹的感情像萬花筒一樣，變化很多。

# 五

之後，尚仁差不多有一個多星期沒有見到梅芹。不過，從娛樂性報紙上，從朋友們的口中，他獲悉一項事實：煥平的自殺，使梅芹變成新聞人物。梅芹比過去更加走紅了。有人對尚仁說：

「聽眾們的心理很難捉摸。施煥平死後，梅芹卻紅得發紫了。那家歌台，除了周末與假日，平時的生意並不算好，但是現在，每晚都賣滿堂，每一次梅芹出台，都會引起如雷的掌聲。」

尚仁認為那人的講法可能有點誇張。當天晚上，他走去歌台觀看究竟。這是星期二的晚上，根據以往的經驗，星期二晚上的生意是一周中最差的一晚。

尚仁走進歌台時，已是十點。歌台前邊黑壓壓地擠滿聽眾。

見到這種情形，尚仁不能不相信那人講的話了。就在這時候，台下忽然起了一陣如雷的掌聲。尚仁抬頭一看，原來是梅芹出台了。梅芹穿着一件紫色的旗袍，站在麥克風前，看起來，像一朵紫羅蘭。

她唱了一首〈聽我細訴〉。

梅芹唱出這首歌時，似泣似訴，感情特別豐富，彷彿在向聽眾訴說施煥平自殺的經過。

這首歌，梅芹唱得很好。

當她唱完這首歌時，贏得震耳的掌聲。她退去後台，這一晚的歌唱節目，也到此為止。接着是老關編導的戲劇，劇本從現實生活中取材，值得一看。尚仁反正閒着無事，索性坐在那裏看戲了。但是，戲劇尚未開始，台下的觀眾已走了十之六七。從這一項事實來看，梅芹的號召力的確很強。

老關編導的那齣戲，雖然只是一個獨幕劇，卻戲味十足。尚仁不得不承認老關是個有天才的戲劇工作者。尚仁常常這樣想：

「如果老關不在歌台工作的話，他一定會獲得更大的成就。」

看過這齣戲後，尚仁忍不住走到後台去向老關道賀。他沒有見到梅芹，因為梅芹唱完歌就陪別人去吃消夜。

尚仁盛讚老關此戲編得好，老關少不免謙虛一番。他說：

「你這樣捧我，非請你好好吃一頓消夜不可！」

兩人到勿洛去吃消夜。

事情也真湊巧。當他們走入勿洛大酒店時，竟見到梅芹與四五個男人坐在沙灘上吃火鍋。

「這幾個男人是誰？」尚仁問。

「我也不認識。」老關說，「自從施煥平自殺後，梅芹紅了。每天晚上，走到後台來找她吃消夜的人，不知道有多少。梅芹分身乏術，接受別人的邀請時，總是經過一番挑選的。」

「巫浩呢？」

「那個樹膠商？」老關說，「他曾經到後台來找過梅芹幾次，不過，梅芹給他的鼓勵，好像沒有過去大了。」

「為甚麼？」

「很簡單，」老闆說，「現在追求梅芹的人多了，其中不乏千萬富翁與億萬富翁。」

「梅芹不像是一個拜金主義者。」

「這就很難講了。」說到這裏，老闆故意頓一頓，壓低嗓音說：

「告訴你一件事。」

「甚麼？」

「昨天晚上，藍財走到後台來找梅芹。」

「藍亮衍的兒子？」

「一點也不錯。」

「據我所知，藍財與梅芹早已一刀兩斷。」尚仁說，「那是一個朋友告訴我的，藍財在香港時曾經與梅芹同居過，事情給他的父親藍亮衍知道了，藍亮衍親自從星加坡飛往香港，要藍財與梅芹一刀兩斷。」

「關於這件事，我也略有所聞。」老闆說。

「既然這樣，藍財怎麼會走去找梅芹的？」

「聽說，藍財的父親藍亮衍到美國去了。」

「但是，」尚仁說，「那位藍太太對藍財的管束很嚴。」

老關聳聳肩，露了一個有會於心的微笑，然後說了這麼一句：

「藍財是很喜歡梅芹的。」

「他不能也不應該再走去找梅芹！」

「男女之間的關係就是這樣微妙的。」老關說，「有時候簡直無理可喻。」

尚仁取出煙盒，遞一支給老關，然後自己點上一支。一連吸了兩口煙之後，將話語隨同煙霧吐出。

「藍財走去找梅芹做甚麼？」

「這就不知道了。」

「有沒有請她去吃消夜？」

「梅芹唱完歌之後，就跟他一同離開歌台，至於是否去吃消夜，那就不得而知了。」

尚仁歎口氣，說：

「當施煥平與梅芹打得火熱的時候，有一位姓符的朋友對我說，梅芹不是一個好女人，要將她與藍財的事情講給煥平聽。那時候，我怕耿直的煥平會受不了這樣的打擊，所以沒有講給他聽。我的看法是，藍財與梅芹既已一刀兩斷，這件事就沒有必要再提。」

老關吸一口煙，正正臉色，對尚仁說：

「當時，如果你將這件事講給施煥平聽的話，施煥平也許不會送掉這條命了。」

「這也未必。」

「為甚麼？」

「我不知道你還記得不記得？」

「甚麼事？」

「當施煥平與梅芹打得火熱時，本坡有一家娛樂性小型報曾經刊出過一篇內幕新聞，說梅芹過去的私生活極不嚴肅，在香港時曾經與粵劇大老倌、洋琴鬼、阿飛、騎師、電影小生、性格演員等等有過曖昧關係。這篇報道充滿了暴露性，任何一個人讀到這篇文字都會感到詫異。施煥平也讀到了那篇文字，不但不因此而與梅芹一刀兩斷，反而慫恿梅芹聘請律師控告那家報館。」

「梅芹並沒有控告那家報館。」老關說。

「是的，梅芹並沒有這樣做，不過，我的意思是：施煥平墮入情網後，就無法保持理智的清醒了。從這一點可以知道，即使施煥平知道梅芹曾經與藍財同居過，他那條性命還是會送掉的。」

老關歎息一聲，將煙蒂撳熄在煙灰碟中，然後乜斜着眼珠子對坐在沙灘上吃火鍋的梅芹瞅了一下：

「施煥平送掉一條命之後，卻使梅芹走紅了。梅芹的號召力愈來愈強，看樣子，將來合約期滿，我們老闆一定會跟她繼續簽訂合約。」

尚仁吸了一口煙，將煙蒂撳熄在煙灰碟裏：

「梅芹走紅了，社會關係也複雜了！」

「她的社會關係本來就不簡單。如果那張小型報的記載並不虛假的話，她在香港時的社會關係就非常複雜了！」

尚仁點點頭，同意老關的看法。他說：

「梅芹是個美麗的女人，追求她的男人很多，但是，為了她而自殺的，恐怕只有施煥平一個！」

「梅芹不但美麗，而且相當聰明。」

「與其說梅芹聰明，不如說施煥平愚蠢比較好。事實上，施煥平將感情交給這種女人，實在是愚不可及的。」

「那藍財也不能算是聰明，既已結了婚，再走去找她，實在是非常愚蠢的。」

「依我看來，好戲還在後頭。」

老闆笑笑，不說甚麼，不過，他的笑容中的含意，卻十分明顯。

尚仁是個聰明人，知道這是應該轉換話題的時候了，要不然，老闆一定會感到厭煩。為了討好老闆，尚仁將話題轉在這天晚上歌台演出的那齣戲劇上。那齣戲是老闆編導的，尚仁說了一連串稱讚他的話。老闆聽了，不免有點飄飄然。

吃過消夜，回家。沖過涼。上床便睡。睡後做了一場夢，夢見施煥平在聳肩啜泣。

醒來，回憶夢中情景，心中暗忖：「這是他自己犯的錯誤，當然要付出錯誤的代價。現在，他已死去。他的死，使梅芹活得更快樂了。昨天晚上，在勿洛見到梅芹在笑，回來後，竟夢見施煥平在哭。這是多麼強烈的對比！」

說「梅芹活得更快樂」，倒是一點也不誇張的。在往後的日子裏，梅芹紅得發紫，不但聽眾愈來愈多，追求她的人也與日俱增。那些娛樂性小型報幾乎每期都有關於她的記載。這些記載，都屬捧場性質，絕對沒有挖梅芹舊瘡疤的。就這一點看來，梅芹不但與小型報記者的關係已搞好，而且使那些跟她搗蛋的人也不再搗蛋了。

但是有一天，尚仁翻閱娛樂性小型報時，竟看到了一則有關梅芹的新聞。新聞的內容說梅芹從歌台走去停車場時，在燈光不明之處，突遭一批娘子軍襲擊。至於這批娘子軍是誰指使的，目的何在，該報卻沒有說明。不過，新聞內文中有這樣一句：

「當時，梅芹與殷商藍財在一起。」

使尚仁感到意外的是，梅芹又與藍財搞在一起了。

以目前的情形來看，追求梅芹的人那麼多，梅芹自無必要與藍財搞在一起。

所以，比較合理的猜測是，藍財主動走去找梅芹。

現在的問題是：那班娘子軍是誰指使的？

為了對這件事獲得進一步的了解，尚仁走去遊藝場找老闆。

尚仁將那份報紙拿給老闆看，老闆說：「我也看過了。」

「究竟是怎麼一回事？」尚仁問。

「我也不清楚。事實上，歌台中人對這件事都不清楚。理由是，事情發生的時候，沒有一個人在場。」

「是不是藍財的妻子指使那班娘子軍去對付梅芹的？」

「不知道，不過，梅芹的關係搞得這樣複雜，難免不發生這一類的事情。」

尚仁歎口氣，說：

「如果梅芹繼續這樣搞下去的話，將來可能會有更嚴重的問題。」

「她是一個紅歌星。」

「依我看來，她要是能夠與藍財斷絕來往，問題還不至於這樣嚴重。否則，就不堪設想了。」尚仁說。

老關笑了，邊笑邊說：

「過去，我對梅芹的為人還不大清楚，自從施煥平死去之後，我對她的看法就不同了。」

尚仁聳聳肩，說：「現在，梅芹的處境這樣複雜，我倒很替她擔憂了。」

「何必替她擔憂？」老關說，「施煥平為她而跳海，她卻完全無動於衷。這種女人，簡直是冷血動物，何必替她擔憂？」

「但是，」尚仁說，「我仍有好奇。那一班娘子軍究竟是誰指使的？為甚麼打她？」

老關說：「這兩個問題，相信過幾天就可以找到答案的。」

過幾天，這兩個問題的答案仍未找到。老關不知道，幾張娛樂性小報也沒有進一步的報道。一般人也不再以這件事作為酒後茶餘的談話資料。尚仁正在思索這件事的時候，電話鈴響了。

出乎意料之外，打電話來的，竟是梅芹。

「有甚麼事嗎？」尚仁問。

梅芹的回答是：「如果你現在有空的話，我請你喝茶。」

「有空，」尚仁說，「甚麼地方？」

「亞達菲酒店的茶廳，好不好？」

「好的。隔二十分鐘一定到。」

梅芹說句「回頭見」之後，收線。尚仁將必須做的工作盡快做妥，駕車前往亞達菲酒店。當他走進茶廳時，梅芹已經坐在那裏了。梅芹似乎消瘦了一些，不過，她的笑容依舊十分嫵媚。

坐定，向侍者要了一杯飲料後，尚仁問：「有甚麼事嗎？」

梅芹斂住笑容，一本正經地說：「在星加坡，我結識不少朋友，但是，那些都是吃吃玩玩的朋友，得不到我的信任。」說到這裏，故意頓一頓，然後加上這麼幾句：「在這裏許多朋友中間，你是一個例外。我信任你。當我有問題時，我就會找你商量。」

聽了這一番話，尚仁立刻聯想到梅芹被毆的事。不過，他很持重，並不立刻提到這件事。他只說：

「現在你有問題了？」

「是的。」梅芹點點頭。

「甚麼問題？」

梅芹舉起面前的茶杯，喝了一口，慢吞吞地講下去：

「是的，現在我有了一個問題。我自己無法解決，只好找你出來商量。」

尚仁掏出煙盒，遞一支給梅芹，替她點上火之後，自己點上一支。梅芹深吸一口煙，將話語與煙靄一同吐出：

「你認識藍財嗎？」

「不認識他，不過，我知道他是千萬富翁藍亮衍的兒子。」

「你知道不知道藍財與我的關係？」

「你曾經與他在香港同居過一年多。」

「是的，有這件事。」梅芹問，「你怎會知道？」

「一個朋友講給我聽的。」

梅芹「嗯」了一聲後，壓低嗓子說：「自從施煥平死去後，藍財就走來找我了。」

「找你做甚麼？」

「他說他不能忘情於我。」

「你怎樣表示？」

「我直截了當地告訴他，我的處境已經相當複雜了，希望他不要使我的處境更加複雜。」

「他怎樣說？」

「他說他依舊愛我。」

「但是，」尚仁說，「他是一個有婦之夫，而且已經有了兩個孩子。」

「我也這樣跟他講，可是他怎樣也不肯放鬆我，老是像攀牆藤似的，死纏着我。」

尚仁連吸兩口煙，睜大眼睛，凝視梅芹，彷彿要從臉部表情上看出她的心意似的。

經過一番靜默後，他問：

「你找我出來，就為了這個問題？」

梅芹搖搖頭，慢吞吞地說出這麼一句：「另外還有一個問題。」

「甚麼問題？」

「在我打電話給你之前，藍財的妻子忽然走去酒店找我。」

「你認識她？」

「不認識她。」

「既然彼此不相識，她為甚麼走去找你？」

「為了藍財。」

「為了藍財？」尚仁用詢問的語氣重複這句話。

「她要我與藍財一刀兩斷。」

「其實，你與藍財的事早該告一段落了。現在你已紅得發紫，追求你的人不知道有多少，為甚麼一定要與他維持這種關係？」

「我不願意再與藍財見面，但是藍財死纏着我不放，使我無法接受藍太的要求。我對藍太說，藍財是你的丈夫，你應該設法管束他才對，走來找我，是一點用處也沒有的。」

「她怎樣講？」

「她甚麼都不講，竟抽抽噎噎哭了起來。」

談話至此，尚仁忍不住談到梅芹被毆的事件。梅芹承認有這件事。尚仁問：

「你認識那些毆打你的女人嗎？」

「一個也不認識。」

「你知道不知道誰指使那班女人去打你的？」

「還不能確定。」梅芹說，「有人告訴我是巫浩的妻子，有人說是藍財的妻子，也有人說是一班太太團對我不滿，出錢僱了幾個人來打我。」

梅芹處境之複雜與困難，從這件事中，可以清楚看出。尚仁想不出甚麼辦法去幫助梅芹，只好說出這麼幾句：

「一個人出了名之後，很容易惹是非。你現在紅得發紫，難免不遭受他人的妒忌，如果不約束自己、檢點自己的話，類似的事情一定會再一次發生。」

低着頭，尋思一番後，梅芹幽幽地說：「我並非不明白自己的處境，問題是，有些事情不是我自己可以控制的。譬如說，藍財的妻子對我不滿，我並非不知，但是，藍財像攀牆草似的死纏着我，使我完全不知道應該怎樣處理這件事。他的父親早就不贊成我跟他在一起。他是一個有婦之夫，繼續走來找我，不但使我的處境愈來愈尷尬，他自己也會遇到更多的困難……凡此種種，我心裏都明白。」

「既然明白，那就再好也沒有了。」尚仁說。

梅芹歎口氣，說：

「傷腦筋的是：藍財不明白。」

「你必須設法使藍財明白他的處境、你的處境，以及事情可能發生的後果。必要時，你可以將藍太走去酒店找你的事實告訴他。」

這就是尚仁提供的辦法。

梅芹默然着久久。

尚仁呆望着她，一味吸煙，直到煙頭燒痛手指時，才慌慌張張地將煙蒂撳熄在煙灰碟裏。梅芹感喟地舒一口氣，用很低很低的語調說：

「也許這是一個辦法。」

尚仁點上另外一支煙，將話頭岔向別處。繼續談了半個鐘頭左右，梅芹走去打了一個電話，然後對尚仁說：

「我要走了，謝謝你的忠告。有空到歌台來，我請你吃消夜。」

尚仁笑笑。梅芹提着手袋，婀婀娜娜走了。這是一個美麗女人，即使是背影，也會將別人的注意力給吸引過去。當梅芹走出茶廳時，尚仁心中暗忖：

「美麗將帶給她幸福與快樂，還是不幸與災難？」

這個問題，暫時無法找到答案。

「不過，」尚仁想，「在目前這種情況下，梅芹必須設法與藍財一刀兩斷，否則，事情就麻煩了。」

自從施煥平死去後，尚仁對梅芹的印象有了一百八十度的轉變。煥平自殺之前，儘管小型報紙一再爆出有關她的「秘聞」，尚仁總不肯認梅芹是個壞女人。煥平死了之後，尚仁對梅芹的看法就不同了。看法雖不同，尚仁對她的所作所為仍有好奇。他很想知道，這個曾經害死過煥平的歌女將會有些甚麼樣的遭遇。

與梅芹在亞達菲的茶廳談過一次話之後，因為報館工作太忙，尚仁一連三天沒有到遊藝場去。第四天，是他休息的日子，尚仁吃過中飯，牌癮忽發，駕車前往惹蘭勿剎的麻雀館。

在麻雀館裏遇到老闆。

「幾天不見你了，」老闆說，「你躲到甚麼地方去了？」

「這兩天，工作特別忙。」

「今天怎會有空到麻雀館來的？」

「今天輪到我休息。」

「既然這樣，」老闆說，「我就陪你打兩撲吧。打完牌，請你去喝咖啡。」

尚仁點點頭，坐下打牌。他的賭運很壞，打兩撲，輸兩撲。不過，錢是輸給老闆的，尚仁倒也並不覺得甚麼。老闆將贏來的鈔票塞入口袋後，站起身，拍拍尚仁的肩膀，說：「喝咖啡去吧！」

在新世界大門左鄰的茶室坐定，各自要了一杯咖啡烏。

老闆談了一些自己的計劃給尚仁聽。他說他在編一個劇本。這個劇本取材自當地的現實環境，寫一個三輪車夫怎樣在飢餓線上掙扎。

「劇本寫好後，準備在歌台公演？」尚仁問。

老關搖搖頭：「這樣的戲劇，在歌台上演出似乎並不適宜。我打算請幾個對戲劇有興趣的人，參加是劇的演出。如果客觀環境允許的話，我有意租用維多利亞紀念堂來演出。」

「這倒是一個很好的打算。」尚仁說，「嚴肅的戲劇在維多利亞紀念堂演出，比較合適。」

然後他們的話題轉到梅芹身上。

「藍財有沒有走去歌台找梅芹？」尚仁問。

老關在答話之前，東張張，西望望，有了過分的審慎，然後壓低嗓子說：

「告訴你一件事。」

「甚麼？」

「這件事，知道的人不多。最低限度，小型報還沒有將它當作新聞刊登出來。」說到這裏，頓一頓，然後加重語氣講下去，「我告訴你之後，暫時請你不要告訴別人。」

尚仁有點不耐煩了：「究竟甚麼事情，這樣神秘？」

老關將身子朝前一衝，用蚊叫般的聲音說：

「藍財的太太暗中送了一筆錢給梅芹！」

「藍太送錢給梅芹？」

「是的，」老關說，「兩萬叻幣。」

「藍太送這麼多的錢給梅芹？」尚仁搖搖頭，「這是不可能的。」

「為甚麼不可能？」

「她不會不知藍財與梅芹的關係，既然知道，恨她尚嫌太遲，怎會送這麼多的錢給她？」

「就因為她知道藍財常常走去找梅芹，藍太才會送這筆錢給她。」

「藍太送這筆錢給梅芹，用意何在？」

「她要梅芹與藍財一刀兩斷，從此斷絕來往！」

「梅芹接受了？」

「不錯，梅芹接受了。」

尚仁細味老闆的話語，仍有疑惑。他問：

「你怎會知道這件事的？」

「藍太講給一位姓嚴的女歌星聽，那姓嚴的女歌星就將這件事當作新聞講給我聽。」

尚仁歎口氣說：「梅芹能夠賺到這筆外快，當然不會再與藍財來往了。事實上，她有那麼多的追求者，繼續與藍財來往，對她來說，不會有太大的好處。問題是，藍財肯不肯與她斷絕關係？如果藍財繼續像過去那樣死纏着梅芹的話，那藍太會放過她嗎？」

「關於這一點，你不必替梅芹擔憂。」

「為甚麼？」

「梅芹既已收了藍太的兩萬塊錢，不會沒有辦法擺脫藍財的糾纏。」

「我很懷疑。」

有關梅芹的談話，至此為止。老闆付了茶錢，進入遊藝場去了。尚仁閒着無事，又不想打牌，索性搭車到國泰戲院去看電影。

在往後的幾天中，梅芹與藍財的事情常常佔領他的腦子，使他感到好奇。他總覺得事情不會這樣簡單。

時代曲依舊是一種浪潮，在一般人的日常生活中佔據相當重要的地位。白天，依舊經常可以從收音機或麗的呼聲中聽到這種靡靡之音；晚上，歌台的聽眾比電影院的觀眾更多。此外，唱時代曲也變成一種風氣了，人們在工作時低哼時代曲，在不工作的時候，大聲唱時代曲。凡是生活在這座城市裏的人，從早到晚，隨時隨地都有可能聽到時代曲。歌女被人稱作歌星。歌星的名氣與收入，比電影明星更大更多。來自香港的歌舞團，總以時代曲為主要節目，就是本地人士組織的歌舞團也多數是由走紅的歌星組織的。莊雪芳曾經組班在州府作巡迴演出，張萊萊張萊娣曾經組班在州府作巡迴演出，章氏三姐妹也曾經組班在州府巡迴演出，而且每一班都獲得了極好的成績。時代曲變成一般民眾的主要娛樂，唱歌的女人變成時代的驕女。

梅芹當然不是一個例外。她是港星。由於聽眾們都有本地薑不辣的心理，竟將梅芹捧上半天高。梅芹愈紅，追求她的人愈多。除了藍財與巫浩外，還有許多有錢人在設法討好她。

當他從一位姓莫的同事處聽到藍財與梅芹仍有來往時，尚仁不能沒有驚詫。

「甚麼？」他問，「藍財依舊常到歌台去找梅芹？」

「不，」老莫搖搖頭，說，「藍財不再到歌台去找梅芹了。」

「剛才你說，他與梅芹仍有來往？」

「是的，藍財與梅芹不但仍有來往，而且關係比過去更加密切。」

「藍財常常走去酒店找梅芹？」

「藍財住在酒店裏！」

老莫的話，使尚仁大大地吃了一驚。

尚仁壓低嗓子問：

「你的意思是：藍財與梅芹住在一起？」

「並不住在一起。」

「你說話前後矛盾，」尚仁說，「剛才，你說藍財住在酒店裏，現在又說他們並不住在一起，這話矛盾到了極點。」

老莫點上一支煙，然後作了這樣的解釋：

「梅芹住在S酒店，藍財也住在S酒店，不過，他們並不住在一個房間裏。」

「藍財住在甚麼地方？」

「梅芹的鄰房。」老莫說。

雖然老莫不是一個喜歡撒謊的人，尚仁對這件事情的真實性仍有懷疑。

「你是採訪體育的，怎會知道這件事？」

「是N報的古熹告訴我的。」

「古熹？」尚仁問，「他怎會知道得這麼清楚？」

「N報一向看重娛樂新聞，古熹常常走去歌台或歌星的寓所採訪新聞。昨天下午，古熹走去S酒店找梅芹，無意中見到藍財從梅芹的鄰房走出，才發現這個秘密。」

至此，尚仁對老莫的話語再也沒有懷疑了。不過，事情有了這樣的發展，使他不能不為梅芹擔憂。梅芹既已接受藍太的贍養，就不能與藍財繼續來往。

老莫走到別處去之後，尚仁打了一個電話給梅芹，約她見面。梅芹說：

「非常對不起，此刻我有事要出去一次；不如今晚到歌台來，等我唱完歌，陪你到加東去吃消夜。」

「你會有空陪我吃消夜？」尚仁問。

「跟你約好了，我就會推辭別人的邀約。」

事情就這樣約定。尚仁放下電話聽筒後，立刻開始工作。他希望能夠將應做的工作早些做完，然後走去歌台找梅芹。

當他到達歌台時，十點半。梅芹剛唱完最後一首時代曲。

在後台邀請梅芹一同去吃消夜的，有四五個人，梅芹非常技巧地一一推卻了，然後陪同尚仁到加東去吃消夜。

當他們在加東海邊吃消夜時，他們作了一次嚴肅的、坦白的談話。一開始，尚仁就提出這樣的一個直率的詢問：

「聽說藍財也住在S酒店？」

「是的。」

「住在你的鄰房？」

梅芹點點頭，臉上有一種痛苦的表情。尚仁當即用嚴厲的口氣問：

「你既已收受藍太的贈與，怎麼可以叫藍財住在S酒店，而且住在你的鄰房？」

梅芹並不否認收受藍太的錢，只用充滿抗議意味的口氣說：「我沒有叫他住在S酒店！」

「他自己搬進S酒店去住的？」尚仁說出這句話之後，覺得語意不詳，補充了這麼一句，「我的意思是：你並沒有給他鼓勵？」

「當然沒有！」梅芹情緒激動，連語調也有點發抖。

尚仁的態度忽然持重起來，轉過臉去，有意無意凝視黑暗的大海。當他再一次開口時，已是三四分鐘之後的事。

「藍財搬進S酒店後，有沒有找你？」

「他之所以這樣做，目的就是想與我接近。」

「他跟你說些甚麼？」

「還不是那些老套。」

「你怎樣答覆他？」

「我叫他不要住在S酒店，也不要走來找我。」

「他怎樣表示？」

「他總是用那種油腔滑調的態度對付我，不肯接受我的勸告。我甚至對他說了這樣的話：『以後不要再來糾纏我！』但是，他只將我的話當作耳邊風。」

「你知道嗎？」尚仁說，「他這樣做法，對你是非常不利的。」

「我知道，但是，有甚麼辦法？」

「藍太拿兩萬塊錢給你的事，他知道不知道？」

「我相信他是不知道的。」

「根據哪一點來判斷？」

「藍太拿錢給我之後，他依舊走去歌台找我，我不理睬他，他就索性去S酒店寄宿了。」

「你既已拿了錢，就該與藍財一刀兩斷才對，要不然，藍太以為你欺騙她，一定會設法對付你的。」

「我沒有欺騙她！」

「是的，你沒有欺騙她，不過，藍太肯接受這樣的事實嗎？」

「你要是對我有誤會的話，我也沒有辦法。」

「話不是這樣講的，」尚仁臉上的表情更加嚴肅了，「你既已接受她的錢，就不能再與藍財接近了。即使藍財自動搬去S酒店居住，你也該設法避開他。」

「我有甚麼辦法避他？」

「搬到別家酒店去！」

「我在S酒店寄宿，是歌台付的租金，怎麼能夠搬到別處去居住？」

「只需徵得歌台老闆的同意，這件事情還是可以做到的。」

「有甚麼用？」梅芹說，「我要是搬到別家酒店去居住，藍財也會搬去的。我是一個歌星，一個來自香港的歌星，想不讓他知道我的住處，不是一件容易的事。」

「但是，」尚仁說，「這樣下去，總不是一個辦法。那藍太要是知道藍財住在S酒店的話，你的麻煩就多了。」

梅芹低着頭，不說甚麼。

經過一番噤默後，尚仁說：「你應該設法使藍財死了這條心才對！無論採取甚麼手段，你必須這樣做！這是唯一可以解決問題的辦法！」

梅芹緊蹙眉尖，嘴唇收斂，臉上出現嚴肅的表情，連微翹的下巴也顯得更尖了。

她說：「我已費盡唇舌，企圖喚醒他的理智，但是一點用處也沒有。他總是口口聲聲說是不願與我分手。」

「既然這樣，當初你就不應該接受藍太的贈與了！」尚仁說。

梅芹想到事情可能發生的後果，感情不免有點動盪。不過在目前這種情況下，除了等待事態的發展，完全無力控制。尚仁看出這一點，也就不再說甚麼了。他是很想幫助梅芹的，只是想不出辦法幫助她。

這一次的談話，雖然沒有找出具體的辦法，卻使梅芹對自己的處境有了進一步的了解，因而提高警覺。

當他們在S酒店門口握別時，尚仁加重語氣對她說了這麼一句：

「設法與藍財斷絕來往！」

梅芹露了一個苦笑，走進酒店。尚仁駕車回家時，總覺得梅芹的處境很尷尬，除非她能擺脫藍財的糾纏，否則，問題就不容易解決。

第二天，N報將藍財寄居S酒店的事實，作為內幕新聞，刊於顯著地位。

尚仁讀了這一則報道，不能不替梅芹擔憂。理由是，N報既已公開了這一個秘密，藍太絕不會不知道。藍太知道了，當然要找梅芹算賬的。

這個猜測沒有錯，藍太確是根據N報的記載走去跟梅芹吵了一架，然後將藍財拉了回去。關於這件事，尚仁是在當天晚上知道的。當天晚上，尚仁做完工作後走到隔壁酒吧去吃東西，遇到了報館的同事老莫。這老莫一見他，就將嘴巴湊在他的耳畔，彷彿談論甚麼軍事秘密似的，用很低很低的聲音對他說：

「又有新的發展了。」

「甚麼新的發展？」

「梅芹的事，又有新的發展了。今天早晨，N報的古熹走去S酒店找梅芹，想知道梅芹對N報這篇報道的反應，想不到竟見到藍太拿着N報在跟梅芹吵架！」

「藍太怎樣說？」

「藍太罵梅芹收了她的錢，不守信用。」

「此外，她還說些甚麼？」

「她摑了梅芹一巴掌，還說了幾句威脅梅芹的話。」

「梅芹怎樣表示？」

「據說梅芹挨了打，哭得連話也講不出。」

「藍太摑了梅芹之後，又怎樣？」

「占熹沒有講給我聽，不過，我相信明天出版的N報，對這件事必有詳細的報道。」

尚仁不再提出其他的詢問。第二天，尚仁起身後，沒有吃早點，就走到樓下去買N報。當他打開報紙時，果如老莫昨晚猜測的，該報以藍太摑梅芹的報道，作為頭條新聞。在此之前，N報報道有關梅芹的消息，如果是屬內幕那一類的文字，必採影射的方法，這一次，他們竟以大字標出梅芹的名字。

讀過新聞的內容後，尚仁不得不替梅芹擔憂了。理由是：這種報道必定會使她的聲譽受到嚴重的損害。此外，藍太說要對付梅芹，她一定會這樣做的。

尚仁不能沒有好奇，決定晚上到歌台去看看。到了晚上，做完工作後，有兩位同事，又邀他到西濱園去吃消夜，只好放棄原來的計劃。當他在西濱園的時候，總是神不守舍地想着那個問題：「藍太將用甚麼手段對付梅芹？」

第二天下午，因為沒有甚麼工作需要做，尚仁駕車到惹蘭勿剎的麻雀館。走去麻雀館的目的，無非想聽聽消息。麻雀館常有歌台中人走來消遣，想聽消息，這是最好的地方。

尚仁坐在牌桌邊打了一撲之後，坐在他上家的小李開了口：

「昨天晚上，有沒有到遊藝場去聽歌？」

「本來想去的，後來因為有兩個同事拉我到西濱園去吃消夜，只好改變計劃。」

「這樣，你就錯過了一場好戲。」

「怎麼樣？」

「你當然不會不知，梅芹現在是個紅歌星了，每一次出台，總會贏得似雷的掌聲，但是昨天晚上，情形恰好相反，梅芹每一次出台唱歌，台下立刻噓聲四起。」

「有人跟她搗蛋？」

「這還用問嗎？」小李扁扁嘴，伸出手去摸牌。

「誰跟她搗蛋？」

「不大清楚，」小李說，「你是一個新聞從業員，對梅芹的情形不會不清楚。梅芹能夠走紅，對她來說，當然是一件可喜的事情，但是，將關係搞得這樣複雜，遲早要發生問題的。有沒有看過昨天出版的N報？」

「看過了。」

「在此之前，我早就預料到，這一類的事情一定會發生的。」

小李在歌台彈鋼琴，對歌台上的動態可能比一般專跑娛樂新聞的記者更清楚。他講的話，當然是可信的。

「依你看來，今天晚上會不會有人跟她搗蛋？」尚仁問。

小李聳聳肩：「這是很難預料的，不過，以常理來猜測，既然有人跟她搗蛋，事情絕不至於這樣簡單。今天晚上，你要是有空的話，不妨走去歌台看看，說不定會看到意想不到的好戲。」

尚仁笑笑，有意晚上提早收工，到歌台去看看。聽了小李的話，不能沒有好奇。因此，打了兩撲牌之後，趕回報館，將一部分晚上做的工作提早做好。到了八點，以「臨時有點要緊事情」為藉口，走出報館，匆匆走去遊藝場。

又是周末，歌台生意很好，台下黑壓壓地擠滿觀眾。尚仁單獨一個人，找座位比較容易。當他在後邊找到一個座位時，他向「茶花女」要了一杯汽水。梅芹出台了。一出台就噓聲四起。尚仁仔細觀察一下，發現大部分聽眾並沒有參加這種搗蛋行為。那些跟梅芹搗蛋的聽眾，為數不多，只因散在四處，聽起來，好像全場的聽眾都在跟梅芹搗蛋。

在噓聲中唱歌，是一件極其難堪的事。梅芹既是歌台的歌星，無論聽眾的反應怎樣，決不能不出台唱歌。

唱的是〈聽我細訴〉。

梅芹常常唱這一首歌。有些聽眾說：「這首〈聽我細訴〉是梅芹的招牌歌。」在此之前，梅芹每一次唱出這首歌，總會贏得似雷的掌聲。但是這天晚上，當她在噓聲中唱完這首歌之後，竟有許多人喝倒彩了。梅芹在倒彩聲中走入後台，情形之狼狽，每一個在場的人都看得出來。尚仁知道梅芹受窘了，但也並不立刻走到後台去看她。他要看看那班人怎樣跟梅芹搗蛋。

約莫過了半個鐘頭，梅芹再一次出台。在梅芹出台之前，每一個歌星都能受到熱烈的掌聲，只有梅芹是個例外。梅芹一出台，立刻噓聲四起。對於梅芹，這當然是一件非常難堪的事情。不過，歌還是要唱的。

她唱了一首〈秋水伊人〉。

歌聲微抖，聽起來，像哭。

噓聲依舊不絕於耳。

在這種情形下演唱，原不是一件容易的事。尚仁以為梅芹會唱到一半就唱不下去的，但是，狼狽不堪的梅芹居然在極其困難的情況中唱完那首歌。

至此，尚仁不能不到後台去找梅芹了。他很想知道梅芹對此事的反應。走入後台，他見到梅芹在哭。梅芹用手絹掩着鼻子，哭得氣噎堵塞。

尚仁不是一個喜歡管閒事的人，不過，梅芹受了這樣大的委屈，值得同情。有幾個男人在勸慰她。這幾個男人不是歌台中人。看樣子，他們都是梅芹的追求者。

尚仁並沒有走去勸慰梅芹，只是靜靜地坐在距離梅芹十碼之處。他想：

「梅芹在前台受了這樣大的委屈，回到後台，居然還有這麼多的人安慰她……」

這樣想時，老闆走來了。尚仁站起身，用很低很低的聲音對他說：

「剛才的情形實在太糟了。」

「昨天晚上也是這樣的。」

「我知道。」

「你怎會知道的？」

「今天下午在麻雀館的時候，小李講給我聽。」

老闆歎口氣，說：「在這種情形中唱歌，實在是一個很窘迫的事。剛才，她怎樣也不肯出台，但是，不出台，老闆可以控告她違反合約。」

「等一下，她還是要出台唱歌的？」

「當然。」

尚仁斜目望望正在哭泣中的梅芹，歎息一聲，對老闆說：

「我要走了。」

「到甚麼地方去？」

「到麻雀館去打幾撲，然後回家。」

「在麻雀館等我，」老關說，「我演完戲之後，請你到康樂亭去吃消夜。」

尚仁點點頭，走出後台，先在波子檔玩幾手波子，然後走去麻雀館打牌。他想：

「梅芹的處境愈來愈困難了。」

在麻雀館連掃三撲，老關來了。尚仁贏了錢，請老關到康樂亭去吃消夜。當他們坐在小圓枱邊吃消夜的時候，話題又轉到梅芹身上。尚仁說：

「她的處境愈來愈困難了，這樣下去，一定會吃虧。如果她還不想回香港去的話，應該設法取得藍太的諒解才對。」

「回香港？」老關說，「她與我們歌台簽有合約，沒有到期，怎麼可以回香港？」

「現在，事情有了這樣的發展，她只有兩條路可走：（一）設法取得藍太的諒解；（二）要求歌台方面提早解除合約回香港去。」

「這是用不到替她擔憂的，」老關說，「她並不愚蠢。」

尚仁接口便說：「但也不見得聰明。在過去這一兩個月中，施煥平為她自殺，她在停車場被毆，她在酒店受到藍太的責罵，現在又有那麼多的聽眾跟她搗蛋，證明她不是一個聰明人。」

「依我看來，這個問題倒不難解決。」

「怎麼樣？」

「從N報那篇報道來看，這兩晚走去歌台跟梅芹搗蛋的人，有極大的可能是藍太教唆的。如果這猜測不錯的話，梅芹應該找藍財想想辦法。」

「這樣更糟。」

「為甚麼？」

「問題因藍財而生，梅芹走去找藍財，豈不更糟？」

「我的看法不同。」

「你的看法怎樣？」

「我相信藍財會有辦法阻止藍太繼續跟梅芹搗蛋的，理由有二：（一）藍財終究是她的丈夫；（二）藍太此舉目的無非要梅芹與藍財一刀兩斷，如果藍財肯在妻子面前保證這樣做的話，問題還是可以解決的。」

尚仁並不認為這樣做法可以解決問題，不過，他也不說甚麼了。梅芹的問題，是一個複雜的問題，除了她自己，別人無法幫她解決。如果是別的歌星，與藍財發生了關係，事情還不至於太嚴重，然而梅芹不同。梅芹與藍財在香港時曾經同居過的。

在往後的日子中，梅芹並沒有打電話給尚仁。從別人的嘴裏，尚仁知道那些去歌台跟梅芹搗蛋的，前後一共三晚，到了第四晚，這種情形就中止了。沒有人知道事情怎麼忽然好轉的。

梅芹又活躍了。小坡有一家金鋪開幕，請她剪綵。這件事，尚仁是從報紙上看來的。至於梅芹是否繼續與藍財來往，尚仁完全不知。由於梅芹一再變成新聞人物的關係，幾家小型報常常刊出關於她的消息。這些消息多數屬起居注之類，毫無意思。有一家小型報刊出了〈艷星梅芹的秘密〉，因為字數多，分幾期連載。這篇文字，據說是香港寄來的，將梅芹過去在香港發生的桃色事件，來一次總結式的報道。

這篇文字引起了廣泛的注意。

依照尚仁的猜測，報館方面刊出這樣一篇可能會引起法律問題的文字，不外乎兩個目的：

（一）借此刺激報份上漲；

（二）有人出錢買通編輯，跟梅芹搗蛋。

不過，無論報館方面目的何在，這篇文字對梅芹，當然是不利的。

梅芹為了自己的名譽，應該依循法律去解決這個問題。

正這樣想時，梅芹打電話給他了。梅芹約他喝茶，他接受了。按照尚仁的想法，梅芹可能跟他商討這個問題。理由是，尚仁是新聞從業員，對這一類的事情比較熟悉。

當他們見面時，梅芹果然拿出那份報紙，攤在尚仁面前。

「有沒有看到這篇文章？」她問。

「看到了。」尚仁答。

梅芹怒容滿面，說話時，氣得連語調也發抖：

「這是一篇充滿惡意的文字！寫這篇文字的人，故意歪曲事實，顛倒黑白，企圖借此中傷我，譭謗我，打擊我……」

尚仁不願意多管閒事的，不過，梅芹既然找他商量，他不能不幫她想想辦法。

「在法律上，譭謗他人是有罪的，」他說，「如果你認為那篇文字譭謗你的話，你可以請律師寫封信給他們。」

「請律師寫信？」

「在星加坡，歌女請律師寫信給報館的事，以前曾經有過好幾次了。有一次，一家小型報因為刊出譭謗某歌星的文字，曾在周年紀念會上公開向那位歌星道歉，並致送貴重的禮物作為那歌星名譽受損害的補償。你有這麼多的朋友，請他們介紹一個律師為你辦這件事，不應該有甚麼困難。」

梅芹尋思一陣，點點頭，承認這是合理的做法。

「好的，就這樣辦吧。」她說。

「不過，」尚仁說，「我不希望你樹敵太多。你是一個歌星，而且是一個從香港來的歌星，在這裏要是樹敵太多的話，可能會招致更多的麻煩。我的意思是那家報館刊登這種充滿惡意的文字固然不對，你也不必立刻依循法律的途徑去解決這件事。」

說到這裏，故意頓一頓，然後補充這麼幾句：「在找律師之前，你應該到那家報館去找報館負責人談一談。如果報館肯停止刊登這篇文字的話，你就不必採取進一步的行動，反之，如果那家報館堅持要繼續刊登這篇文字的話，那麼，只好依循法律的途徑要求他們賠償你的名譽損失。」

梅芹接受了尚仁的勸告，並向他道謝。

兩天後，尚仁查閱那張剛出版的報紙，發現那篇〈艷星梅芹的秘密〉的文字已不再刊登了。編者的啟事是：「因牽涉法律問題，未便繼續刊登。」

讀了這一則啟事，尚仁知道，他所獻的計策，終於見效了。

但是，梅芹的處境依舊十分困難。這件事情雖已解決，另一家報紙刊出了她被人淋腐蝕性液體的消息。

尚仁當即打了一個電話給她，向她詢問事情的經過。

「究竟是怎麼一回事？」

「昨天晚上，有一位僑領請我吃消夜。當我們走出遊藝場之後，黑暗中忽然躥出一個年輕人，將一瓶腐蝕性液體向我潑過來。」

「有沒有潑中？」

「幸虧我閃躲得快，未被潑中。看樣子，那傢伙自己也有點緊張。」

「既然沒有被潑中，你怎會知道那是腐蝕性液體？」

「那液體潑中了別人的汽車，有白煙冒出。」

「知道不知道誰教唆的？」

「不知道。」

「有沒有報警？」

「我本來要到馬打厝去的，但是那位僑領認為，多一事不如少一事。他說：如果報警的話，事情就會牽涉他。他是一個知名之士，不想讓別人知道事情發生時與我在一起。」

「這樣，你就不報警了？」

「反正沒有被潑中，不報警也無所謂。」

「報警之後，以後就不會有同類的事情發生了。」

「那位僑領不贊成這樣做。」

「剛才我已經講過了，他是社會知名之士，事情一旦給別人知道，他就會處於不利的地位。」

這是梅芹的事。如果她認為沒有報警的必要，誰也不能強迫她報警。

在收線之前，尚仁只能這樣對她說：「以後小心些。」

梅芹雖然走紅了，卻因此招致不少麻煩。在「利」的方面，所得好處不能算大，為了「名」，她付出的代價相當大。她自己的想法怎樣，尚仁當然無法知道，但是，尚仁總覺得梅芹為了做一個「紅歌星」而付出這樣大的代價，是不值的。以昨天晚上那件事來說，那年輕男人將腐蝕性液體潑向她的時候，她要是不那麼機警的話，問題就嚴重了。她是一個紅歌女，而且是一個美麗的紅歌女，容顏被毀，當然是一件可怕的事情。

梅芹仍不能認識這件事情的嚴重性。這一點，從剛才她在電話中講話的語氣中，可以辨別得出。唯其如此，尚仁對梅芹的處境不能沒有擔憂。梅芹的處境，比她自己想像的，可怕得多。昨天晚上，有人企圖毀她的容顏，雖然沒有達到目的，但不能因此斷定這種危險性已不再存在。事實上，事情既然有了這樣的發展，證明有人（不管這個人是誰）正在用毒辣的手段對付她。如果她不去追究事情的根源，並設法予以補救，可怕的事情仍會發生。

尚仁的猜想沒有錯。過了幾天，梅芹收到一封恐嚇信，信的內容很簡單：要梅芹即刻回香港去，否則，梅芹一定會後悔。

那是一個有雨的晚上，尚仁在後台見到梅芹時，梅芹將這封信交給他看。

「應該將這封信交給警方。」他說。

「我沒有這樣做。」梅芹露了一個微笑。

「為甚麼不這樣做？」尚仁臉上有了過分嚴肅的表情。

梅芹笑了。她的笑容總是這樣嫵媚的。「沒有必要報警，」她說，「那寫信人的目的，無非想給我一點恐嚇罷了。」

尚仁臉上的表情依舊很嚴肅：「不要將事情看得太簡單。自從你到這裏來唱歌之後，遇到的麻煩，不能算少了。」

梅芹輕描淡寫地說：「其實，我所遭遇到的種種都是意料中的事。」

「你早就預料到會遇到這一類的事情？」

「我知道一個紅歌星必會遇到這一類的事情。」

梅芹在態度上的改變，使尚仁感到意外。在此之前，尚仁每一次遇到梅芹，總覺得她是一個懦怯的女人，但是，受了這麼多的打擊之後，她卻變得那麼堅強了。唯其如此，尚仁向她提出一個直率的問題：

「藍財有沒有住在S酒店？」

「自從那次藍太走來酒店吵過一場之後，他就不在那裏住了。」

「之後，有沒有走去找你？」

「偶爾也會走來找我的。」

「找你做甚麼？」

梅芹以微笑作答，並不開口。尚仁明白她的意思，不再提出其他的問題。梅芹能夠變得這樣堅強，總是一個好現象。

之後，有一個相當長的時期，尚仁沒有見到梅芹。有一天下午，梅芹忽然走來報館找尚仁了。尚仁請她到會客室裏去坐。

「有甚麼事？」尚仁問。

「沒有特別的事情，只是我與歌台訂的三個月合約快滿期了，不知道他們是否有意思與我續約。如果他們不願意跟我續約的話，我就該設法找別人擔保，要不然，我就不能繼續在這裏居留。」

「你現在正在走紅，」尚仁說，「歌台方面當然要跟你續約的。」

「很難講，」梅芹說，「有人可能會走去歌台老闆面前跟我搗蛋。」

「依我看來，這種可能性並不大，理由是，歌台老闆目的在於賺錢，你的叫座力這樣強，他們怎麼會讓你回香港去？」

「也許跟我搗蛋的人在經濟上給他更大的利益。」梅芹說。

尚仁搖搖頭，說：「這是你的猜想。」

「不過，我的居期快滿了，我希望你幫我問問歌台老闆，看他是否有意跟我續約？」梅芹露了一個蜻蜓點水式的笑容。那笑容是如此的勉強，顯然並不代表喜悅。

尚仁點點頭：「你先回去，等一下我就去找老闆。找到老闆之後，我會跟他一同去找歌台老闆的。」

梅芹站起身，說聲「謝謝」，掉轉身，橐橐橐，踩着高跟鞋，走出報館。

尚仁將一些必須做的工作做妥後，駕車到惹蘭勿刹找老闆。

當他將梅芹的意思講給老闆聽之後，老闆立刻打了一個電話給歌台老闆。歌台老闆說：「我願意與梅芹續簽三個月合約，問題是，移民廳是否肯延長她的居留期？」

老闆說：「依我看來，只要歌台方面肯繼續擔保的話，移民廳多數會准許延長居留期。」

歌台老闆答應在一兩天之內與梅芹簽訂新約。老闆擱斷電話後，將老闆的話轉述給尚仁聽。尚仁聽了，當即打電話給梅芹。

梅芹聽說歌台老闆已允續約，高興得像剛下水的鴨子。她說：

「這樣就好了。」

大凡從香港到星加坡去的歌星，多數希望能夠在星加坡長期居留，如果不能獲准長期居留的話，也希望移民廳肯延長她們的居留期。梅芹不是一個例外。當她獲悉歌台方面打算為她向移民廳申請延長居留期時，她有了不可掩飾的喜悅。

過了一個多星期，梅芹忽然打電話給尚仁，約他在 GH 咖啡館見面。尚仁立即放下手裏的工作，駕車前往 GH 咖啡館。見到梅芹時，忙問：

「有甚麼事嗎？」

「我明天就要走了！」

梅芹說出這句話時，眼圈微微有點發紅。

「明天就要走了？」尚仁問。

梅芹點點頭。

「為甚麼？」

「移民廳不肯延長我的居留。」

「移民廳不肯批准你的申請？為甚麼？」

「據說有人到福利部去控告我破壞家庭，福利部當局有公函給移民廳，要移民廳拒絕批准我的申請。」

「誰？誰到福利部去告你破壞家庭？」

「移民廳的官員沒有告訴我，不過，我相信做這件事的，一定是藍財的太太！」

「如果藍財的太太走去福利部控告你破壞家庭的話，你就非回香港不可了。」

「為甚麼？」

「第一，藍亮衍是社會知名之士，他的兒子藍財在這裏也有一定的地位；第二，你與藍財的關係早已成了公開的秘密；第三，你是一個來自香港的歌星，而此間的小型報曾一再刊登有關你的報道。這些報道，大部分對你不利。」

梅芹皺緊眉頭，臉上有一種痛苦的表情，彷彿跌入陷阱的困獸，連憤怒都不能給她任何力量。她是來自香港的，對這邊的情形終究不熟悉。事情有了這樣的發展，一點辦法也拿不出。

「轉保行不行？」她問。

「這不是擔保人的問題。」尚仁說。

「但是，」梅芹說，「福利部總不能只聽藍太的一面之詞，不聽我的解釋。」

「福利部用不到聽你的解釋。」

「甚麼理由？」

「很簡單，你與藍財的事情，藍太拿得出充分的證據。你與藍財的關係既已屬實，福利部就用不到聽取你的解釋了。藍財是個有婦之夫，你與藍財保持那種關係，就是破壞藍太的家庭。你是外地來的歌星，破壞別人的家庭，移民廳當然會拒絕批准你延長居留的。」

「這樣說來，明天非走不可了！」梅芹說。

「過一個時期，如果你還有興趣到星加坡來演唱的話，可以重新申請的，到那時，說不定移民廳會批准你入境。」

梅芹牽牽嘴角，露了一個並不代表喜悅的笑容：

「但願如此。」

低下頭去看看腕錶，加上這麼幾句：

「陪我到約翰·列脫公司或羅敏申公司去買些東西，明天就要回香港了，也該買些小禮物回去送人。」

尚仁吩咐夥計埋單，然後陪同梅芹到萊佛士坊幾家大公司去買東西，買好東西，尚仁送她回酒店，分手時，尚仁說：

「明天甚麼時候上飛機，我去送你。」

「不用送我了，」梅芹說，「到了香港之後，一定寫信給你。」

「好極了，」尚仁說，「如果你有甚麼事情要我做的，儘管寫信給我。」

「我希望你能夠設法讓我回星加坡來演唱。」

「這樣喜歡星加坡？」

「是的，」梅芹點點頭，「我就是這樣喜歡星加坡。你呢？難道你不喜歡星加坡？」

「我也喜歡星加坡，不過，我倒是希望有一天回香港去。」

「為甚麼？」

「我是從香港來到星加坡的，對香港不能沒有依戀。」

梅芹聽了這話，用打趣的口氣說：

「要是移民廳不肯批准我入境的話，我希望你早些回香港去。」

「這是極有可能的事，」尚仁說，「報館不需要我，或者我不願意繼續在那家報館工作，都會回香港的。」

「希望我們在香港見面！」梅芹說。

尚仁伸出手去與梅芹握別：「祝你一路順風！」

梅芹說了一句「謝謝你」，掉轉身，朝S酒店的大門走去。走了幾步，站定，轉過身來，走到尚仁面前，對他說：

「我此番來到星馬演唱，遇到的事情相當多。不過，使我感到遺憾的，只有一件事：施煥平的自殺。他是一個好人，不應該有這樣的收場。你是施煥平的好朋友，在我離開星加坡之前，我要你知道，我每一次想起施煥平時，總會感到不安。」

尚仁歎口氣，說：「事情既已過去，不必再想。」

「施煥平的母親怎麼樣？」梅芹說出這句話後，覺得語焉不詳，補充了這麼兩句，「我的意思是：施老太在經濟上有沒有困難？」

「不大清楚。」尚仁說。

梅芹躊躇一陣，從手指脫下那隻鑽石戒指，塞在尚仁手中，說：「麻煩你交給施老太！」尚仁正要開口時，她已像支箭般，疾步奔入S酒店……

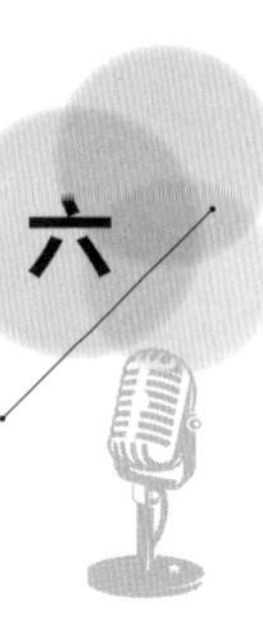


以上都是發生在二十年前的事。

現在，尚仁在熒光幕上看到魏琳子演唱〈今天不回家〉時，這些往事頓時湧現在他的腦海中。

不見魏琳子，已有二十年。這二十年中，魏琳子曾經做過些甚麼，倒是尚仁很想知道的事。熒光幕上的魏琳子，雖然臉上搽着太濃的脂粉，依舊無法掩飾額角的皺紋。

尚仁打了一個電話到電視台去，找魏琳子講話。

魏琳子聽說是尚仁，興奮得差點叫了起來。

「你怎會打電話給我的？」魏琳子問。

「剛才，在熒光幕上看到你唱〈今天不回家〉！」

「唱得壞到極點，請你不要見笑。」

「何必跟我客氣，」尚仁說，「你……你怎麼會走來香港的？」

「我與我的丈夫吵了一架，一氣，就走到香港來了。」

「你結婚了？」

「難道你不知道？」

「我從星加坡回到香港已有十七八年，對那邊的情形，不大清楚。」尚仁說，「你的丈夫是做甚麼的？」

「說來話長，在電話裏講不清楚，你明天有空嗎？」

「下午沒有事。」

「好極了。」魏琳子說，「明天下午四點，在九龍的半島酒店喝茶，好不好？」

「好的。」尚仁擱斷電話。

第二天，下午四點，尚仁走進半島酒店的茶廳，遊目四矚，見到魏琳子坐在靠窗的沙發裏。尚仁忙不迭走上前去，與她握手。魏琳子應該四十出頭了，看起來，不過三十幾歲。她的裝束相當入時，而且化了一個濃妝。

坐定，向侍者要了飲料後，尚仁說：

「不見面，將近二十年了，你還是那個樣子。」

「老了！」魏琳子露出笑容時，眼角的魚尾紋相當深。

「我倒一點也不覺得。」

明明是阿諛，魏琳子聽了，也會產生輕飄飄的感覺。尚仁打開煙盒，遞一支香煙給她，替她點上火後，發現她的吸煙姿勢，具有一種成熟美。現在，魏琳子已經是個成熟的女人了。不過，在尚仁的心目中，雖然隔了那麼久，魏琳子依舊是一個謎。

「你與尹鯨結婚了？」他問。

魏琳子搖搖頭，用歎息似的口氣說：「不是尹鯨。」

尚仁吸了一口煙，將話語隨同煙靄吐出：「我在星加坡的時候，曾經聽許多人說過，你在北婆羅洲與亞庇等地演唱，與男歌星尹鯨打得火熱。」

「是的，」魏琳子說，「有一個時期，我與尹鯨的感情相當不錯。但是後來……」

「後來怎麼樣？」

「我發現尹鯨的脾氣很古怪，當他好的時候，他比一般人好得多；當他壞的時候，他比一般人壞得多。起先，我只看到他那好的一面，後來，我將真摯的感情交給他，才看到他那壞的一面。我原想與他結婚的，被他打了幾頓後，決定與他一刀兩斷。」

「打你？」尚仁問。

「你看，」魏琳子用右手的食指點點左臂，「這裏還有兩條傷疤。」

「為甚麼？」尚仁緊蹙眉尖，「他為甚麼打你？」

「他喜歡賭錢，不但將他自己賺來的錢去賭，還要向我拿。我不拿錢給他，他就大發脾氣。」

「這是沒有理由的。」

「他就是這樣不講道理，」魏琳子說，「所以，我就脫離歌舞團了。」

「脫離歌舞團之後，當然不會繼續留在婆羅洲了。」

「回星加坡。」

「在星加坡演唱？」

「回到星加坡之後，舊病復發了。起先，我還不知道，後來，發現痰中帶血，不能不走去醫院檢查。醫生替我照了一張愛克司光照片，說是右肺的病灶加深了。沒有辦法，只好回芙蓉去休養。」

「在芙蓉住了多久？」

「住了一年多，病才受到控制，走去醫生處檢查，醫生說是傷處已鈣化，可以恢復工作了。」

「又出來唱歌？」

「是的，」魏琳子說，「為了生活，不得不又到星加坡去演唱。我在星加坡演唱時，曾經向別人詢問你在哪一家報館工作，他們說你回香港了。」

「我回香港已有十七八年。看樣子，你從婆羅洲回到星加坡時，我已離星回港。」

「大概是這樣的。」魏琳子說，「要不然，我在星加坡演唱時，絕不會一次也沒有見到你。」

「你在星加坡的時候，有沒有見過尹鯨？」

「見過的。那時候，他與另外一個女歌星同居了。那女歌星手上有點積蓄，這是大家都知道的事情。」

「這樣看來，尹鯨與那個女歌星同居，目的為了錢？」尚仁問。

魏琳子笑得很不自然：「關於尹鯨的事，還是不提的好。」

尚仁昂起頭，連吸兩口煙，吐出一大堆煙靄，然後睜大眼睛凝視琳子。琳子依舊相當美，只是面容中有一種不可掩飾的哀愁，缺乏朝氣與活力。二十年，在人的一生中，應該算是相當悠長了。在這悠長的歲月中，琳子得到的痛苦比快樂多。她當然也有快樂的時刻，不過，命運之神總喜歡給她安排一些不愉快的事情。感情上受到的挫折，使她的健康受到相當大的影響。尚仁想起了那個沒有父親的孩子。

「我記得你是有一個孩子的。」尚仁說。

提到孩子，魏琳子感喟地歎口氣，說：

「這是另一個問題。」

「另一個問題？」尚仁用詢問的語氣重複琳子講過的話。

「他已二十一歲！」琳子說。

「這似乎是一件令人難於置信的事情，你會有一個二十一歲的孩子！」

琳子露了一個苦笑：「說出來，你也許更不會相信。」

「甚麼？」尚仁問。

「他已結婚了。」

「甚麼時候結婚的？」

「三個月前。」

「這樣說來，明年你就可以做祖母了。」

「可能的。」琳子用淡淡的口氣說。

「你受的折磨，不能算少，但是，這件事應該給你不少安慰了。」

「不，」琳子說出這個字之後，將頭搖得如同撥浪鼓一般，加上這麼兩句，「不但得不到安慰，而且多了許多麻煩。」

「多了許多麻煩？」

「我的孩子跟我的感情並不好。」

「為甚麼？」

「他恨我。」

「他為甚麼恨你?」

「因為,」琳子的語調微抖了,「我不能告訴他,他的父親是誰!……當他還是一個小孩子的時候,他常常問我,他為甚麼沒有父親?……每一次,他向我提出這個問題,我只會流淚。……後來,他逐漸長大了,從別人的嘴裏獲悉了事情的經過,對我更加不滿!」

「這不是你的錯。」尚仁說。

「但是,他固執地認為,這種錯誤應該由我負責!」說到這裏,她的眼眶發紅了,「我只是一個被侮辱的人,如果他有甚麼不滿的話,應該不滿他的父親!」

「問題是,你不知道他的父親是誰,他當然也不會知道的。」

「你知道嗎?我不喜歡他的妻子。」

「為甚麼?」

「因為她是一個吧女!」琳子說,「三個月前,當他告訴我已做好結婚的準備時,我曾經跟他大大地吵了一場。我叫他不要跟那個吧女結婚,他竟說了這樣的話，吧女有甚麼不好？最低限度，不會比歌女更差！」

「你辛辛苦苦將他扶養成人，他怎麼可以對你講這樣的話？」尚仁對琳子寄予無限的同情。

琳子低下頭，竭力在遏止內心的激動。很久，很久，歎口氣，說：

「他從小就是這樣的，見到我時，彷彿見到敵人似的，不肯親近我。無論我待他怎樣好，總像水與油，無法合在一起。其實，這不是我的錯誤，為甚麼要我付出錯誤的代價？」

愈說愈激動，眼眶裏噙着晶瑩的淚水。她用手絹拭乾眼淚後，吸一口煙，將煙蒂撳熄在煙灰碟中。當她做這個動作時，尚仁看到她的手指在發抖。尚仁並不愚蠢，既然看出她內心的激動，只好轉換話題：

「你怎麼會忽然到香港來的？」

「昨天晚上，在電話中，我不是已經將理由告訴過你了，我與我的丈夫吵了一架。」

「為了與丈夫吵了一架，就走來香港？」尚仁說。

琳子舉起咖啡杯，呷了一口，幽幽地說：「我有個女朋友，名叫王萌，過去也是歌星，嫁給一個有錢人之後，搬來香港居住。她的丈夫在怡保、吉隆坡、星加坡與香港都有事業基礎，不過，工廠設在香港。所以，王萌選擇香港作為居住的地方。王萌來到香港後，一再寫信給我，要我到香港來度假。她說，香港是購物天堂，走來買些東西回去，也就不虛此行了。我曾經幾次向我丈夫透露來港之意，他總不肯答應。這一次，因為吵了架，我就毅然飛來香港了。」

「住在王萌家裏？」

「不錯，住在王萌家裏。」

「她住在甚麼地方？」

「窩打老道山。」

「噢，那是一個新闢的住宅區，很多人都住在那裏。」說着，尚仁再一次打開煙盒，遞一支香煙給琳子，然後自己點上一支。當他們吸煙時，尚仁睜大眼睛凝視琳子，琳子也睜大眼睛凝視尚仁。他們的感覺是一樣的：歲月使他們有了中年人的外貌，缺乏朝氣，缺乏活力。尚仁與琳子不見面，將近二十年，在這二十年中，琳子一定做過許多事情。這些事情，是尚仁頗想知道的。

「你甚麼時候結婚的？」

「兩年前。」

「兩年前？」尚仁問。

琳子低垂眼波，用低沉的語調說：

「這是我第二次結婚。」

「你已結過一次婚？」尚仁頗感意外。

「那是十幾年前的事了，」琳子一邊吸煙，一邊說，「我結識了一個男朋友。他是一個好人，樣樣都好，就是健康情形太差。我很喜歡他，他也很喜歡我。當他向我求婚時，他只向我求取同情與憐憫。他說他是配不上我的，但是，要求我嫁給他。」

「你答應了？」

「他是一個好人，然而很寂寞。我知道他需要我，我就決定嫁給他了。」

「將自己的感情當作禮物送給他？」

「不，不是這個意思，」琳子說，「他很窮，而且健康情形不好，但是他是一個好人。我喜歡他。一開始，我就將真摯的感情交給他了。」

「既然這樣，怎麼會有第二次的結婚？」

「他死了！」琳子說出這三個字的時候，語調微微有點抖。

「這是怎麼一回事？」尚仁問。

琳子一連吸了幾口煙，歎息一聲，說：

「他的命運很壞。我嫁給他之後，他就病倒了。為了醫病，我不但將所有值錢的東西當掉，而且還向朋友們告貸。等他出院後，我們的經濟情形非常拮据。屋漏偏逢連夜雨，正陷於困境時，他被商行辭退了。」

「後來怎樣？」

「由於找不到工作，他的脾氣愈來愈暴躁。這種暴躁的脾氣嚴重地影響了他的健康。再一次，他又病倒了，病情較第一次更糟。我到處去借錢，可是，怎樣也無法挽救他的生命。在一個大雷雨的晚上，他撒手長逝！」

說到這裏，低下頭，用手絹拭乾眼淚，然後抬起頭來，舒口氣，繼續講下去：

「他死後，為了生活，我只好再出來唱歌。我一直不能算是一個紅歌星，但是，那一次復出，竟糊裏糊塗紅了起來。我的薪水提高了，省吃儉用，將一些債務償清，心情也逐漸好轉。就在這時候，我結識了一個姓李的青年。他很喜歡我，但是經濟情形很差。我們在南天巴剎附近租了一間房，住在一起。他不事生產，生活全靠我一個人維持。後來……」

「後來怎樣？」尚仁問。

「我發現我已有了身孕，」琳子說，「我將這件事情告訴他時，不加思索，他就說了一句：『打胎！』我問他：『你不要自己的親骨肉？』他扁扁嘴說：『我們自己的日子都這樣難過，哪裏還有能力養孩子！』我哭了。他竟暴躁地罵了我一句。我很生氣，摑了他一巴掌，他將我推倒在地，使我痛得難受，到醫生處去接受治療時，才知道小產了。」

「你與那個姓李的青年就這樣分手了？」

「我恨透了他。」

「與姓李的分手後，沒有再談過戀愛？」

「直到兩年前，我結識了曾彬，因為情投意合，不久就結為夫婦。」

「曾彬就是你現在的丈夫？」

「是的。」

「你們這一次為甚麼吵架？」

「曾彬這個人，樣樣都好，就是感情並不專一。過去，我曾經兩次見他與別的女人在一起，幾乎鬧得分手，他卻始終不改。這一次，我到萊佛士坊去買東西，又見他與一個妖形怪狀的女人在一起，吵了一架，我就走去移民廳辦理來港的手續。」

「打算在香港住多久？」

「本來，我打算住十天八天就回去，但是，來到香港後，覺得這裏的一切都很新鮮，就想多住一個時期。」

「不怕曾彬變心？」

「他要變心，我不能強逼他不變。事實上，我之所以走來香港，主要還是想借此考驗他的感情。如果他真心愛我的話，將來我回去的時候，他一定會與我和好如初，否則，只好分手。」

「你呢？」

「我怎麼樣？」

「聽你的口氣，你還是愛他的。」

「不錯，我還是愛他的。不過，美滿的婚姻必須有均衡的感情。如果他已變心的話，單靠我一個人的感情，這婚姻是維持不下去的。」

談到這裏，尚仁對魏琳子過去二十年的生活，已有了一個概念。魏琳子在感情的道路上一再翻筋斗，雖然值得同情，其中一部分卻應該由她自己負責。以尹鯨為例，明知尹鯨是個感情草率的男歌星，她竟愚昧地將真摯的感情交給他了。這件事，當然不能責怪命運之神的安排。

尚仁歎口氣，望望琳子，將話題轉向別處。

「你怎會上電視台去演唱的？」他問。

「王萌與電視台那個節目的監製人相當熟悉。那監製人在星加坡時也曾聽過我的歌，知道我住在王萌家裏，就向王萌透露邀我上電視台去客串演唱之意。起先，我不想接受，後來，經不起王萌一再慫恿，我只好答應客串兩晚。」

尚仁吸口煙，將煙蒂撳熄在煙灰碟中，壓低嗓子說：

「夫妻吵架是常事，吵過就算。你走來香港玩幾天，也不成問題，住得太久，就不大好了。我勸你還是早些回星加坡去吧，要不然，事情萬一弄僵，你一定會後悔的。」

琳子搖搖頭，說：「剛才我已經講過了，美滿的婚姻必須有均衡的感情。」

「你覺得你們的感情不均衡？」

「我承認我是愛他的，不過，他……」說到這裏，琳子不再說下去。

「他不愛你？」尚仁問。

「我也不知道。」琳子對自己的婚姻顯已失去信仰，猶豫而又多疑，完全不能把握曾彬的感情。如果愛情是一杯酒的話，她似已喝醉，不能用理智去應付自己的處境。由於婚姻有了問題，使她在動盪不定的情況中產生太多的煩愁。單看她的表面，她是愉快的。但是，這種愉快是偽裝的。她很煩，得不到片刻的安寧，經常用偽裝的愉快去掩飾內心的痛苦，將痛苦當作一種享受。

然後轉換話題。琳子說：「這些年來，星加坡的進步是驚人的。你要是有空的話，不妨走去星加坡看看。今天的星加坡與二十年前的星加坡完全不同了。獨立後的星加坡，各方面都有顯著的進步。」

「歌壇的情形一定也改變了？」尚仁問。

「不錯，」琳子說，「歌壇的情形的確也改變了。時代曲再一次掀起浪潮，新人愈來愈多，舊歌手除了極少數的幾個，大部已淘汰。」

尚仁向琳子提出一些有關幾個老朋友的近況，琳子一一作答，二十年來，變化之大，使尚仁感到驚詫。

琳子看看腕錶，說要走了。尚仁請她吃晚飯，她不能接受，因為她已與王萌夫婦約好晚上去玩「泵波拿」。

「明天請你去吃晚飯。」分手時，尚仁作了這樣的建議。

琳子說：「明天打電話給你。」

第二天傍晚，尚仁打電話給琳子。

「怎麼樣？」他問，「今晚有空嗎？」

「對不住，今晚不能陪你去吃晚飯了。」

「為甚麼？」

「曾彬剛從星加坡來到香港。事實上，此刻他就坐在電話機邊。」

「曾先生來了？這倒是一個好消息！」尚仁說，「他既然肯從星加坡趕來香港求取你的諒解，足證他是全心全意愛着你的，你也不必太固執了。」

「謝謝你的好意。」說了這句話之後，琳子掛斷電話。

之後，一連三天沒有見到琳子。到了第四天，琳子打電話給尚仁，約他見面。當他們見面時，琳子說：

「明天就要離開香港了。」

「與曾彬一同回星加坡？」

「是的。」

「這樣就好了。」

「問題還是存在的，」琳子說，「曾彬這個人的感情絕不專一。回到星加坡之後，一定會故態復萌。」

尚仁笑了，邊笑邊說：「如果曾彬不是真心愛你的話，也不會從星加坡趕來香港找你回去了。」

琳子皺眉歎氣，好像仍有無限心事。尚仁無意繼續談論這個問題，只說：「晚上有空嗎？我請你們兩位到萬壽宮去吃晚飯。」

「非常抱歉，」琳子說，「今晚王萌夫婦約好我們一同吃晚飯了。」

「既然這樣，明天中午請你們兩夫婦在飛機場吃中飯。」

「何必這樣客氣？」

「你此番回到星加坡之後，不知道何年何月再來香港了。」

「我要來的，」琳子說，「香港是購物天堂，下次再來，我一定買很多東西回去。」

尚仁笑笑。

第二天中午，尚仁與琳子夫婦在飛機場的餐廳吃潮州菜。尚仁發覺曾彬相當驕傲，對他的第一感並不好。正因為這樣，尚仁相信琳子與曾彬之間的關係不會持久。琳子的命運相當壞，要是再受到甚麼刺激的話，問題就嚴重了。

吃過午飯，離飛機起飛的時間已不多。琳子為過磅與海關檢查的事情忙了一陣後，進入機場。尚仁站在平台上，目送飛機飛上天空時，心中暗忖：

「這個可憐的女人，會不會遭遇到更大的不幸？」

尚仁從平台回到裏邊時，無意中遇到了報館的記者小陳。

「採訪甚麼新聞？」

「梅芹從台灣回來，聽說明天就要到星加坡去隨片登台。」

「隨片登台？」

「她拍了一部歌唱片，叫做《心聲淚影》，就要在星加坡與馬來西亞公映了，為了增強叫座力，公司方面要她到那邊去隨片登台。」

「她能進入星加坡嗎？」

「為甚麼不能？」

「十幾年前，因為有人在福利部告她破壞家庭，幾次申請入境，移民廳都不批准。」

「那是十幾年前的事情，現在情形不同了。」小陳說。

尚仁牽牽嘴角，涎着臉，說：

「梅芹想做電影明星，為時已久，過去只能做一些活動佈景或開口梅香之類的角色，這一次怎會獨當一面擔任歌唱片的主角了？」

「你當然不會不知，梅芹的交際手腕相當靈活。」

「但是，」尚仁說，「她的年紀已不輕。電影公司請她擔任新片的主角，顯然是一個冒險的決定。」

「電影公司老闆存心捧她，還怕蝕本？」小陳說。

「你的意思是，電影公司老闆搭上了她？」

「我的意思是，她搭上了電影公司老闆！」

「梅芹這個女人，花樣真多。你知道嗎？二十年前，她跟隨團體到星加坡去登台，就有一個青年為她投海自殺！」

「二十年來，梅芹經常是新聞人物：她搭上了一個太子爺，那太子爺虧空巨額公款，雖沒有坐監，卻使他的父親非常惱怒了。他的父親還在報紙上刊登廣告，與他脫離關係。此外，她到菲律賓去尋出路，與一個菲籍影星打得火熱，企圖借此在那邊的電影界佔一席地，結果是賠了夫人又折兵。最近，她經常來往港台之間，桃色事件之多，用不到我來講，你也不會不知。」

「關於梅芹的事，我倒知道得相當多，不過，她跟電影公司老闆的事，還是第一次聽到。當她拍攝《心聲淚影》時，圈內人都在傳說，她與該片的導演打得火熱。」

「這是一種煙幕。」

「煙幕？」

「是的，這是電影公司老闆吩咐宣傳部放的煙幕，以免引起老闆娘的疑心。」

「話雖如此，我總覺得這件事不合邏輯。」

「為甚麼？」

「電影公司裏有的是年輕美麗的女明星，那老闆要玩女人，隨便抓一把來挑選，怎會看中梅芹這個半老的徐娘？」

「相信這裏面必有理由，」小陳說，「依我看來，電影公司老闆玩膩了那些剛出道的新星，想轉換口味，玩玩有經驗的女人。梅芹這個女人，經驗可真豐富！」

尚仁露了苦笑，聳聳肩，走出飛機場。

在機場門口僱一輛計程車前往天星碼頭。

坐在車廂裏，他一直在想着梅芹。

梅芹從星加坡回來到現在，將近廿年了。在這廿年中，她是很活躍的。尚仁比梅芹遲回一年。當他回到香港時，梅芹應菲律賓一家夜總會之請，到馬尼剌去演唱。那時候，香港尚未掀起時代曲的狂潮。女歌手除了夜總會，沒有別的場子。但，香港夜總會並不多。許多女歌手，因為找不到場子，為了生活，只好將交際當作副業。梅芹從星加坡回來後，因為模樣長得俊俏，與九龍一家夜總會簽訂合約，唱了一個時期。

由於夜總會給她的待遇並不好，她也只好以交際作為一種職業了。正因為這樣，有關她的傳說很多。這些傳說使她感到極大的困擾。她很想離開香港。菲律賓夜總會派人走來跟她接洽，雖然條件並不好，她也接受了。到了菲律賓之後，認識一個菲籍男影星，將他當作橋樑，希望能夠打進菲律賓電影圈。梅芹不但美麗，而且相當聰明。在馬尼剌唱了幾個月，就能講菲律賓話了。這樣，就具備了進入電影圈去活躍的條件。

梅芹進入菲律賓電影圈之後，拍了好幾部菲語片，始終沒有走紅。不過，因此多了一條出路，倒是真的。那一個時期，梅芹在菲歌影兩棲，日子過得相當不錯。

好景不長。當她第一次在菲語片中擔任主角時，她的靠山暨愛人做了一樁壞事，招致許多麻煩。梅芹唯恐牽涉在內，連忙飛回香港。

在香港，生活又發生困難。她曾經灌過唱片。這些唱片的銷路不大。她想在夜總會唱歌，但是待遇太低，不能解決生活所需。這時候，有人傳說她與一家電影公司的導演打得火熱。那導演是電影圈內出名的色狼，其貌不揚，利用職權常使那些做明星夢的女人變成他的玩物。梅芹自菲回港後，一直鬱鬱不得志，費了九牛二虎之力進入電影圈，卻得不到預期的發展。她是一個美麗的女人，在電影圈內混了一個短期後，終於引起了色狼導演的注意。色狼導演對梅芹極感興趣，知道她想拍片，就在新片中派給她一個角色。梅芹聽了這話，喜不自勝。色狼導演請她到郊外去遊車河，她欣然接受。那天晚上，他們在一家郊外酒店附設的夜總會進食。色狼導演向侍者要了烈性酒，目的想灌醉梅芹。梅芹是個酒量很好的人，故意在色狼導演面前裝作不會喝。色狼導演以為梅芹已跌入他的圈套，但梅芹卻認定色狼導演已跌入她的圈套。——這件事，事後由色狼導演講給別人聽，所以，報紙雖然沒有刊登過這件事，電影圈與新聞圈裏的工作人員，幾乎沒有一個人不知道。

梅芹在那部電影中擔任的角色並不重要，付出相當高的代價，得不到預期的報酬。她希望這種關係會使色狼導演給她一個更好的機會，想不到色狼導演卻在這個時候搭上了另外一個新星，使梅芹的希望落了空。梅芹一心想做明星，在電影圈內亂混，給紅小生當玩物，給性格明星當玩物，給製片經理當玩物，給宣傳主任當玩物，甚至給小報記者當玩物，始終混不出一個名堂。

她是一個唱時代曲的人，既然明星夢無法實現，就該跳出電影圈，轉向歌壇謀發展才對。但是，梅芹對自己的美麗有過分的自信，一心想做明星，儘管環境那樣差，說甚麼也不肯到夜總會去唱。

從朋友們的嘴裏，尚仁知道，那時期的梅芹情況很差。有幾家夜總會先後派人去邀她出唱，她怎樣也不肯接受聘請。

尚仁記得很清楚，一個有雨的下午，在天星小輪上遇見梅芹，曾就此事作過一次簡短的談話：

「聽說有好幾家夜總會請你出來唱歌？」

「是的，有這樣的事情。」

「你拒絕了？」

「我不想在這裏演唱。」

「為甚麼？」尚仁問。

梅芹以微笑作答。她雖然沒有將理由講出，但是意思極其明顯，她是一個「電影明星」，走去夜總會演唱，有失身份。

之後，有一個相當長的時期，尚仁沒有見到梅芹。不過，關於她的動態，從報紙上，從朋友們的嘴裏，多少還能知道一些。那時期的梅芹，境況不好，凡是認識她的人，幾乎沒有一個不知道。

縱然如此，她的明星夢依舊沒有做完。環境沒有好轉，成天成晚與那些製片家、作曲家之類的人物廝混，將別人的空言與自己的夢想當作事實。

空言與夢想終究不是事實，為了生活，梅芹到台灣去了。

起先，大家以為她是到台灣去拍片的，後來，有人閱讀台灣報紙，才知道她在台灣歌廳唱歌。

尚仁知道這種情形後，對梅芹的做法，完全得不到合理的解釋，梅芹不肯在香港演唱，卻走去台灣唱歌了，理由何在？

這個問題，後來終於獲得了解答，那時候的台灣，剛掀起時代曲的狂潮，歌廳林立，成為主要的娛樂事業。

由於歌廳生意好，歌女們的待遇也隨之提高。據台灣傳來的消息，有些紅歌女的收入比電影明星更好。

梅芹是香港去的歌女，叫座力相當強。加上「明星」的銜頭，遂變成各歌廳爭取的對象。

其實，梅芹歌藝平平，缺乏一個紅歌女必須具備的條件。但是，台灣歌廳多而叫座的歌女少，梅芹既是電影明星，而且臉蛋漂亮，以「色」補「藝」，居然也具有相當叫座力。

那時候的台灣，只要是稍具叫座力的歌女，都是以美金計酬的。梅芹到了台灣後，因為待遇好，經濟情形也就不像過去那樣拮据了。

她在台灣的時候，雖然相當吃香，卻不是常年都唱的。

不唱歌的時候，回香港來。每一次，回香港來，少不免總會引起一些咬耳朵的閒言閒語。有人說，她在台灣與達官顯人搭上了，拿了錢，走來香港倒貼小白臉；有人說，她的明星夢仍未醒，手頭稍為有了一些錢，就想回港來找人合資拍片，企圖借此變成大明星。

那一個時期，獨立製片正在走下坡。梅芹企圖與人合資拍片的計劃，雖然與許多獨立製片家談過，卻沒有成為事實。

將那筆從台灣帶回來的錢，買了一層樓。香港是個蕞爾小島，人口稠密，空間不大，屋荒始終沒有解除。梅芹既不能實現拍片的計劃，索性將這筆資金買了一層樓，先解決住的問題。

雖然拍片計劃沒有實現，明星夢還在繼續做下去。

她很固執。回港後，有兩三家夜總會邀她出來唱歌，她怎樣也不肯答應。她依舊希望能夠打入電影圈。

有個實力比較雄厚的獨立製片家捧紅了三四個新星。梅芹無法打入大公司，只好設法與這位製片家接近。這位製片家原是一個色狼，梅芹送上門來，自無不接受的理由。

玩過梅芹後，那製片家讓梅芹在他所攝製的新片中擔任一個不太重要的角色。梅芹一心想當女主角，對於這樣的安排，當然不會滿意。問題是，既然不能實現自費拍片的計劃，又無法打入大公司，接受這樣的安排，總比不接受好。

梅芹這個女人，性格很特別，不但喜歡鈔票，而且喜歡小白臉，進入片場後，竟與一個姓章的新進小生打得火熱。這件事，使那位製片家對她非常不滿。製片家早已看出梅芹不是一塊明星的材料，肯讓她參加該公司的新片演出，當然另有緣故。梅芹並非不了解這種情形，只因章某長得相當英俊，見到他之後，就無法保持理智的清醒了。

據當時幾張娛樂報紙透露的消息，那位獨立製片家原想將梅芹捧紅的。後來，因為梅芹搭上了章某，那製片家妒憤交集，毅然放棄了這個計劃。

這樣一來，梅芹的明星夢只做了一會兒，就做不下去了。

香港的生活程度相當高，梅芹無片可拍，又不肯到夜總會去唱歌，日子一久，經濟上當然會發生問題。起先，為了應付一些現實問題，將那層樓押給銀行。後來，連抵押來的錢也用光了，不能不向別人告貸。

許多人勸她到夜總會去唱歌。

她不肯。

當經濟上的困難像千斤重擔般地壓得她透不轉氣來時，她又到台灣去了。台灣也有電影圈，但是梅芹打不進這個圈子。既然打不進電影圈，就得另動腦筋。

那時候，台灣依舊歌廳林立，時代曲的浪潮仍未過去。梅芹原是一個歌女，想解決經濟上的困難，只好在歌廳謀發展。

台灣有太多的新歌女，不但年輕，而且唱歌的水準也比香港高。照理，梅芹企圖在歌廳維持以前的地位，並不容易。不過，由於梅芹曾經拍過幾部電影的關係，掛出「影星」或「歌影兩棲」的招牌，多少還有些號召力。

問題是，她已經算是「紅歌星」了。在一般歌迷的心目中，她是屬「老牌歌女」那一類的。老牌並沒有甚麼不好，只因歌迷們都不喜歡年老的歌女。梅芹還不能算老，可是與那些新歌星比起來，當然不能算年輕了。

在歌廳唱歌，「色」與「藝」是並重的。梅芹原是一個美麗的女人，因為年紀大了，與那一群十七八歲的新歌女同台演唱，企圖以「色」來號召，不可能收到甚麼效果。至於「藝」，梅芹雖屬老牌，卻無特色，與那些新歌女在一起，不免相形見絀。

在這種情形下，歌廳方面給梅芹的待遇當然不會太好。梅芹在經濟上的困難不能解除，唯有另想辦法。這時候，從台灣傳抵香港的消息，梅芹在台灣時與一個達官顯人打得火熱，結果被那位達官顯人的太太侮辱了一番。這件事，不但在台灣成為引人注意的社會新聞，甚至香港電影圈裏也將這件事當作酒後茶餘的談話資料。當時，尚仁獲悉此事後，難免不想到梅芹在星加坡時受到藍太侮辱的事情。使尚仁感到不解的，梅芹年紀不小，為甚麼不肯找個理想的對象結婚，偏要過着「玩女」的生活。

說梅芹是個「玩女」，實在不是誇張的說法。這些年來，梅芹不知道與多少男人發生曖昧關係。在前往星加坡演唱之前她曾經與大老倌、電影小生、性格演員、二世祖、流行歌曲作家之類的人物談情說愛，到了星加坡之後，不但害死了施煥平，而且與藍財打得火熱。除了藍財外，還鬧出許多桃色事件，結果弄得非回香港不可。回到香港之後，忽而台灣，忽而菲律賓，愈來愈任性，以泛泛的態度遊戲人間，所作所為，完全是一個典型的「玩女」。照理，她的年紀已不小，應該安分守己過日子才對，但是，她對自己的美麗有過分的自信。她喜歡玩，不管別人玩她，還是她玩別人。

那一個時期，梅芹住在台灣的日子比較多。不過每隔幾個月，總會回港一次。這，如果不是因為與簽證有關，必然是想買東西。

有一次，她從台灣回到香港，無意中遇到了尚仁。尚仁邀她到夏蕙去喝茶，她接受了。

尚仁向她提出一個直率的問題：「為甚麼還不結婚？」

「結婚？」梅芹用詢問的語氣重複這兩個字。

「女人當嫁，這是天經地義。」尚仁說。

「我不願意考慮這問題。」

「難道你打算一輩子不出嫁了？」

「我沒有這種打算，不過，目前我還不願考慮這個問題。」

「為甚麼？」

「對於我，結婚是一種束縛。」

「結婚會使你獲得安定的生活。」

「我不需要安定，只需要刺激。」梅芹說，「唱歌與拍片可以使我得到許多新鮮的刺激。」

談話至此，當然沒有必要再談下去了。尚仁仔細端詳梅芹的容顏，不能沒有感慨。梅芹雖然搽着太濃的脂粉，依舊無法掩飾額角的皺紋。尤其是當她露出笑容時，眼梢的魚尾紋特別顯著。

梅芹不再年輕了，卻依舊將自己的美麗視作一種資本，她認定這筆資本可以派到巨大的利息，所以繼續在歌壇活躍，繼續在影圈亂混。

在此之前，她是習慣於接受男人的贈與的，但是，從那時候起，情形多少有了些改變。雖然喜歡她的男人仍有不少，但是，她出錢倒貼小白臉的事，也常有所聞。

起先，有一家報紙的娛樂版刊出這樣的新聞：有一個大學教授單戀梅芹，在臥房裏貼滿梅芹的照片，經常在房內狂呼：「梅芹！梅芹！我愛你！我這樣全心全意愛着你，難道你一點也不知道？」——那教授的朋友們見此情形，覺得他癡得可憐，託人將這件事告訴梅芹，希望梅芹肯走去看他一次。梅芹是個有經驗的女人，對男女關係看得很平淡，聽了來人的話，立刻答應走去看那個教授。那教授日思夜想地惦念着梅芹，見到梅芹時，反而目瞪口呆地連話也講不出來了。梅芹覺得這個書呆子一點風趣也沒有，坐了一會，走了。她走後，那教授再也不能保持理智的清醒。隔了一個星期，那教授被人送入精神病院。

這件事情發生後，梅芹對自己的美麗益具自信。她的桃色事件特別多，不論在中國的香港、台灣，還是菲律賓，總不會沒有桃色新聞發生。

但是，桃色事件雖多，梅芹卻並不快樂。理由是，過去，只要她看中的男人，那男人一定會跌入她所設的陷阱。現在，事情就不很順利了。喜歡她的男人，往往是她所不喜歡的；她所喜歡的男人，常常嫌她年紀太大。

梅芹喜歡在別人面前隱瞞年齡，久而久之，竟將自己的年齡忘掉了。儘管年齡一年比一年大，她總覺得自己還年輕。唯其如此，她喜歡結交年輕的異性朋友。

對於梅芹，年紀比她大的異性朋友都是搖錢樹，年紀比她小的異性朋友都是玩具。

與年紀比較大的男人廝混，梅芹只有一個目的：錢。有了錢之後，就去玩弄年輕男人。

當她將近四十歲的時候，她結識了一個名叫尊尼的年輕男人。

尊尼很英俊，只有十八歲，但是家境貧窮。梅芹在一個友人舉行的派對結識他，對他產生了極大的好感。梅芹雖然經驗豐富，全心全意愛一個人，這還是第一次。

為了討好尊尼，梅芹盡量在經濟方面予以滿足。她不但常常帶尊尼到洋服店去添置新裝，到鞋店去買新鞋，到百貨商店去買東西，到夜總會去尋歡作樂……此外，還暗中拿現款給尊尼。

日子一久，尊尼將梅芹視作搖錢樹。

當她無法滿足尊尼在物質上的要求時，她必須動腦筋。她甚至考慮在香港的夜總會演唱。

她的內心充滿了矛盾，尤其是尊尼向她拿錢時，她非常痛苦。

她的首飾不多。為了尊尼，竟將僅剩的幾樣首飾變成錢，去滿足尊尼的要求。縱然如此，問題依舊存在。

沒有辦法，只好向親友告貸。她就是這樣喜歡尊尼。但是，借來的錢不但不能解決問題，反而使問題益形複雜。

在這種情況下，只有再到台灣去唱歌。由於她的叫座力已不若過去那樣強了，歌廳方面給她的酬勞不會高。不過，梅芹赴台目的，不在歌廳給她的區區之數，而是希望找到一個「出血大戶」。梅芹雖然是一個歌女，卻有一塊電影明星的招牌。憑藉這塊招牌，想找一個「出血大戶」，不會是一件十分困難的事情。

梅芹是不願意與尊尼分手的，但是，不暫時分手，她就無法滿足尊尼的物質欲；不能滿足尊尼的物質欲，他們之間的關係就無法維持下去。

梅芹寫信給台灣的歌廳老闆說明自己的意思。歌廳老闆覆信表示歡迎，但是開出的條件並不符合梅芹的理想。梅芹已陷於經濟上的困境，不想接受，也不能不接受。

離港赴台前夕，梅芹極力設法求取尊尼的諒解，並一再發出誓言，說她怎樣也不會變心的。不但如此，她還答應經常匯錢給尊尼花用。

尊尼只要有錢，其他皆不成問題。這樣，梅芹到台灣去掘金了。

抵達台灣，在台北一家歌廳唱歌。叫座力已減，捧場客還是有的。此外，她還遇到了幾個香港的老朋友，諸如色狼導演與性格演員之類。所以，雖然不能與尊尼在一起，生活依舊多彩多姿。

唱了三個月，合約期滿。雖沒有找到「出血大戶」，憑藉交際手段倒也弄到了幾千美金。歌廳方面有意跟她續約，她卻要回港一次。她必須見見尊尼。

回港後，見到尊尼，又帶他到西裝店去添置新裝，到鞋店去買新鞋，到百貨公司去買東西……甚至拿些現款給尊尼。

尊尼很快樂，梅芹也很快樂。

過了一個月左右，梅芹從台灣帶回來的錢差不多用完了，尊尼的態度突起變化。

那是一個星期六的下午，梅芹打電話約尊尼晚上到尖沙咀一家夜總會去吃晚飯，尊尼說是身體不舒服拒絕了梅芹的邀約。梅芹無法勉強他，只好收線。到了晚上，閒着無聊，獨個兒走去旺角一家電影院看西片，無意中竟見到尊尼與一個長髮飛女在一起，梅芹氣得渾身發抖，走到尊尼面前，雙手握拳，叉在腰眼上，對尊尼怒目而視。尊尼摟着那個飛女，正在吱吱喳喳談情話，完全沒有注意到梅芹。梅芹忍無可忍，厲聲喚叫：

「尊尼！」

尊尼鬆了手，轉過臉來一看，見是梅芹，不能不感到驚詫。

「梅芹，你怎麼也會走到這裏來的？」他問。

梅芹眼眶裏噙着晶瑩的淚水，想開口，喉嚨裏彷彿有甚麼東西塞住似的，發不出聲音。

在淚水沿着臉頰滑落之前，梅芹掉轉身，疾步朝外急走。妒憤交集，淚似雨下。沒有一件事比這更使她痛苦的了。

整整一晚，睜大淚眼望着天花板。她已將真摯的感情交給尊尼，想不到尊尼竟這樣沒有良心。

第二天，以為尊尼會打電話給她的，結果沒有。傍晚時分，再也不能忍耐，主動打電話給他。

「甚麼事？」尊尼用痰塞的聲音問她。這種痰塞的聲音顯示他剛從睡夢中醒轉。

「我想跟你見一次面。」

「好的。」尊尼說。

梅芹隨即說出時間與地址。

當他見面時，梅芹問：「昨天，我約你到夜總會去吃晚飯，你說身體不舒服，結果卻陪別人去看電影了！」

尊尼並不立刻答話，只從口袋取出香煙，點上一支，扁扁嘴，露了一個鄙夷不屑的神情，說出這麼一句：

「她有錢。」

這簡短的一句話，一個字像一把刀，砍在梅芹心上，痛得難忍。

「你……你這個沒有良心的東西！」她將話語從齒縫中說出，「我待你那麼好，你竟做出這種事情來了！」

尊尼深深吸口煙，一邊吐着煙靄，一邊用陰陽怪氣的語調將話語吐出：

「這有甚麼不對？」

「你……你拿了我的錢去玩弄別的女人，當然是不對的！」

「你弄錯了，」尊尼嗤鼻冷笑，「我並沒有拿了你的錢去玩弄別的女人。事實上，她給我的錢比你給我的錢多幾倍！」

「不！」梅芹抖聲說，「你不能這樣對待我！」

尊尼縱聲大笑。他的笑聲使梅芹彷彿受了巨大的侮辱似的。梅芹睜大眼睛望着他，等他解釋。

尊尼斂住笑容後，說了這樣的話：

「我勸你還是不要死纏着我的好。老實話，要不是看在錢的分上，我早就不會理睬你了！」

梅芹氣得臉色發青，渾身發抖。

尊尼意猶未盡，加上這麼幾句：

「你幾歲？我幾歲？你做我的母親也有資格！難道你不照鏡子的嗎？」

這幾句話，嚴重地刺傷了梅芹的心。梅芹霍地站起，舉起手來，摑了他一巴掌。

這一巴掌，猶如一把剪刀，將她與尊尼的關係剪斷了。

梅芹自己也知道這一點，因此做了一件非常愚蠢的事情。在悔恨交集中，服食過量的安眠藥。

第二天，香港各報都有關於此事的報道。幾乎每一家報紙的標題都是一樣的：〈紅歌星梅芹昏迷香閨〉。

沒有一家報紙明白標出：梅芹企圖自殺。但是，不論編者與讀者都知道梅芹想自殺。

問題是，梅芹為甚麼會突萌短見？

有一家報紙為了滿足讀者的要求，刊出一篇內幕性的文字，將梅芹與尊尼的關係，詳詳細細寫了出來。這樣，就是關心梅芹的人，對於梅芹突然輕生的原因，都能獲得一個清晰的概念。

# 八

梅芹並沒有死。

在醫院裏躺了一個星期左右，出院了。

儘管受了這樣大的打擊，生之意志迅即恢復。雖然自殺不遂，卻沒有試圖第二次輕生。

這件事，使她變成新聞人物。

換句話說，各報在報道這件事的時候替她作了許多義務宣傳。

這種義務宣傳使敏感的人必須抓住這個機會去利用梅芹。

有兩家夜總會派人去與梅芹接洽，願意付出相當高的待遇，邀她演唱。

梅芹很固執，拒絕了這個聘請。沒有人知道她為甚麼不肯在香港演唱。

有一家電影公司派人與梅芹接洽，邀她拍片。梅芹一口答應了。理由有三：（一）這是一家大公司；（二）梅芹一直在做明星夢；（三）這家公司答應給她擔任新片的女主角。

對於梅芹，沒有一件事比這更能使她感到興奮的。她與公司簽了合約。

但是，簽了合約之後，公司並不立刻開拍新片。

不止一次，梅芹走去問製片主任：「為甚麼不派戲給我？」

製片主任回答她的問題時，總是笑咪咪的：「還沒有找到適合你個性的劇本。」

梅芹對這樣的答覆，當然不會滿意。她常常這樣問：

「甚麼時候可以找到適合我個性的劇本？」

「等我們找到適當的劇本時，一定會通知你的。」

毫無疑問，製片主任在打太極。梅芹雖感不滿，但也無可奈何。

有一天，製片主任對她說：

「為了紀念本公司成立二十周年，將以集體導演的方式開拍一部群戲，戲名《良辰美景》，凡是本公司的演員，十分之九都參加演出。你也在片中擔任一個角色。」

「我的角色重要不重要？」

「這是一部群戲，每一個人的戲，分量都差不多。你在戲中飾演歌女白蘭花，由你在片中的夜總會裏唱出主題曲。」

「只在片中唱一首歌？」梅芹問。

「這是全片的主題曲，由你唱出，足見公司對你重視。」

「除了唱一首歌之外，沒有別的戲了！」

「剛才我已講過了，」製片主任說，「這是一部群戲。」

「群戲又怎樣？」

「在這樣一部群戲中，任何一個演員都無法佔有太多的戲。」

「換一句話說，我在銀幕上只出現兩三分鐘？」梅芹顯然不願意在片中當活動佈景。

製片主任看出她的意思，說了這樣幾句，希望能夠借此說服她：

「在這部電影中，沒有一個演員特別重要，也沒有一個演員特別不重要。不過，你在片中唱出主題曲，雖然戲不多，倒是相當突出的，一定會留給觀眾們一個深刻的印象。」

梅芹依舊未被說服，板着臉孔，說：

「我與公司簽訂合約時，你們答應給我主角地位的。」

「不錯，我們的確有個這樣的諾言，問題是，這些日子一直找不到適合你個性的劇本。現在公司為了紀念成立二十周年，拍攝這部群戲，你當然要參加的。再說，這部電影的排名以姓氏筆劃為序，不分先後。」

話雖如此，梅芹總覺得這個角色並不理想。她與公司簽訂合約，曾經聲明要在片中擔任主角的。現在，公司卻派她在《良辰美景》中擔任一個極不重要的角色，她心裏當然不高興。

儘管不高興，卻沒有勇氣拒演這個角色。理由很簡單：這是公司成立二十周年紀念，她若不參加，一定會引起公司當局的不滿。

沒有辦法，只好接受。

這是梅芹與那家大公司簽訂合約後第一次參加拍片工作。雖然在片內只唱一首歌，卻不能不全力以赴。

片子採取集體導演制，凡是公司的導演，每人拍一部分。

梅芹那一部分戲，由名導演阮迅執筒。阮迅一如他的名字，以快著稱，拍攝一部國語片，通常只需三十個工作日就可以殺青了。他導演的片子，雖無藝術性，票房紀錄總不太低。憑這一點本領，在電影圈裏混了二十年。

在拍攝《良辰美景》時，電影圈內傳出梅芹與阮迅熱戀的消息。當時，一般人（包括尚仁在內）都以為這只是電影公司方面為《良辰美景》所作的宣傳，後來，《良辰美景》攝竣，事實證明梅芹與阮迅確已進入「打得火熱」。

阮迅到台灣去了。公司方面發佈的消息是：「阮氏赴台尋找外景地點。」然後梅芹也到台灣去了。梅芹在機場接受記者的訪問時說：「應台北一家歌廳的邀請，走去客串演唱。」

事實證明，這只是一種藉口。梅芹抵達台北後，並沒有在歌廳「客串演唱」。相反地，台北出版的報紙卻刊出了兩人在日月潭等地遊山玩水的消息。

阮迅與梅芹從台灣回到香港時，《良辰美景》在港九十大戲院聯合公映。由於《良辰美景》是一部群戲，卡司脫彈硬，加上宣傳工作做得足，公映後，生意好到極點。

梅芹在片中的戲很少，沒有引起觀眾們的注意，但是那首《良辰美景》的主題曲卻很受歡迎，一下子變成流行歌曲。

成了流行歌曲的〈良辰美景〉，使那些不喜歡聽時代曲的人也可以從收音機中、電視的熒光幕上、唱片公司的播音機裏經常聽到這首歌。

作為一個電影明星，《良辰美景》公映後，梅芹並沒有受到廣泛的注意。作為一個歌女，《良辰美景》公映後，她的歌聲隨時隨地都可以聽到。

由她唱出的《良辰美景》唱片，不但在香港暢銷，在東南亞各地也風行一時。儘管梅芹在歌壇已活躍了十幾年，但是，觀眾們一直只欣賞她的「色」，並不欣賞她的「藝」。直到《良辰美景》的唱片發行後，歌迷們彷彿第一次認識她的歌喉似的。

梅芹紅了，大紅特紅。有人將這種現象視作「夕陽無限好」或「迴光返照」，梅芹的自信卻因為這首歌而大大地增加了。

梅芹一直想做一個大明星。她雖然唱紅了一首電影插曲，卻沒有奠定自己在影壇的地位。在一般人的心目中，她依舊是一個歌星，而不是一個電影明星。這就是梅芹感到困惱的事情。

固執地想在電影圈內謀發展，梅芹要求阮迅給她一個獨當一面的機會，阮迅答應了。

阮迅計劃開拍的新片名叫《春蘭秋菊》，採「雙旦雙生」制，由梅芹與另一女明星分任片中兩個女主角。梅芹不接受這樣的安排。她一定要阮迅另選一個劇本，讓她獨當一面。

由於梅芹的固執，阮迅除了接受她的意見，沒有第二個選擇。

阮迅宣佈開拍《山盟海誓》，由梅芹擔任女主角。

這是一部悲劇，雖然片中也有插曲，但是，由梅芹來擔任女主角，顯然是一個錯誤的選擇。在一般人的心目中，梅芹只是個歌女，不是一個大明星。

如果梅芹擔任歌唱片的女主角，人們還不至於十分驚詫，梅芹獨當一面主演悱惻纏綿而又感人肺腑的愛情悲劇，當然會令人感到意外。

梅芹本人卻很興奮，因為此片開拍，對她來說，是宿願得償。

《山》片開鏡後，梅芹與阮迅朝夕相處，感情好到極點。當他們在片場工作的時候，他們在一起；當他們不在片場工作的時候，他們在一起。這種情形使許多圈內人很替阮迅擔憂。

阮迅是個有婦之夫。

他的妻子名叫仇玲子，過去也是一個電影明星，曾經有過一個時期相當走紅，下嫁阮迅後，一心做好主婦，不再拍片。許多影迷已將仇玲子遺忘了。如果不是因為仇玲子自殺不遂，誰也不會記起她。

仇玲子自殺的新聞刊出後，立刻引起圈內外人的注意，成為轟動整個社會的大新聞，理由是，這件事情牽涉到導演阮迅與正在走紅的梅芹。

仇玲子服食過量的安眠藥，被女傭發覺得早，洗過胃，已無大礙。不過，遺書的內容卻由女傭口中透露出來。各報記者根據女傭的口述，刊出了仇玲子突萌短見的原因，說是梅芹將她的丈夫搶去了。

事情立刻變成酒後茶餘的談話資料。大家在談論這件事情的時候都對仇玲子寄予無限的同情。仇玲子雖然也曾做過電影明星，不論婚前婚後，私生活都很嚴肅。梅芹的情形，恰好相反。打從梅芹開始在歌壇活躍算起，已有十幾二十年。在這個時期中，梅芹不知道搞過多少桃色事件。無論在中國的香港、台灣，或在星加坡、菲律賓，她總會捲入愛情漩渦，成為桃色新聞的中心人物。唯其如此，仇玲子服毒自殺的新聞傳出後，有兩家報紙竟以連載的方式報道了梅芹的桃色賬。在這筆「桃色賬」中，尚仁的同事施煥平只不過是一個普通的角色。

由於梅芹一向採取遊戲人間的態度，事情發生後，幾乎沒有一個同情她。大家都說：「梅芹搶奪別人的丈夫，是一種無恥的行為！」

這一類的評語，當然也會傳入梅芹耳中。有人就此事向她提出詢問：

「作何感想？」

她總是用輕描淡寫的口氣回答：

「我的《山盟海誓》不久就要公映了，這件事無異替我作了一次義務宣傳，沒有甚麼不好。」

她繼續與阮迅來往，而且比過去更加親密。許多人都不齒梅芹的行為，梅芹卻毫不在乎。

《山盟海誓》公映前夕，一家報紙的娛樂版刊出新聞，說仇玲子曾經找梅芹作過一次攤牌式的談話，但是不得要領。仇玲子對梅芹說：

「我與阮迅已有三個孩子，請你看在三個孩子分上，與他斷絕來往吧。」

梅芹的回答，據說是這樣的：

「阮迅是你的丈夫，有話，應該跟他講，何必走來找我？」

梅芹態度的強橫，使這一次的談判，完全得不到結果。

然後《山盟海誓》公映了。

這部電影拍得並不壞，只因為娛樂性不濃，加上梅芹的叫座力不夠強，票房紀錄遠不及理想。這件事，使梅芹與電影公司宣傳部工作人員都感到意外。按照宣傳部工作人員的想法：梅芹是個紅歌女，《良辰美景》的插曲使影迷們對她的信心增強了，加上仇玲子的自殺事件，這部電影的票房紀錄絕不至於太低。

事實與想像相反。

宣傳部出盡法寶，依舊無法吸引廣大觀眾進入電影院去看梅芹主演的《山盟海誓》。

圈內人的看法是：「這部《山盟海誓》拍得相當好，票房紀錄低，與仇玲子自殺事件有關。梅芹以為仇玲子自殺對《山》的賣座會有幫助，結果卻適得其反。觀眾們同情仇玲子的處境，不齒梅芹的行為。因此，梅芹主演的《山盟海誓》公映了，大家裹足不前。」

這種看法，當然是有事實根據的。不過，梅芹卻不肯接受這樣的看法。每一次遇見圈內人，總是這樣說：「缺乏娛樂性的電影，當然不會叫座！」

因此，她要求阮迅再拍一部有娛樂性的電影，依舊由她擔任女主角。

阮迅鑒於《山》片的失敗，斷定讓梅芹繼續擔任新片的主角，一定不會通過。

但是，梅芹堅持要這樣做，阮迅無法反對。

阮迅選了一個劇本。這個劇本出於名家手筆，頗具娛樂性。

梅芹看過這個劇本後，相當喜歡。她說：「這部電影拍成後，可以奠定我在影圈裏的地位了。」

但是，公司當局並不完全接受阮迅的提議。公司當局通過了劇本，卻不同意由梅芹擔任該片的女主角。

阮迅據理力爭，說梅芹擔任女主角，是最適當的人選。

公司當局指派另一位女明星擔任該片的女主角，還對阮迅說了這樣的話：

「不久的將來，我們會讓梅芹在歌唱片中演出的。」

阮迅將此事告訴梅芹。梅芹非常生氣，甚至揚言要與阮迅一刀兩斷。

阮迅焦急異常，再一次與當局商談，仍無法說服他們。

這樣一來，阮迅與梅芹的關係起了變化。就在這時候，仇玲子忽然舉行記者招待會了。

在記者招待會上，仇玲子說是有一個「不要臉的女人」破壞了她的家庭。

由於仇玲子曾經是一個電影明星，而她的丈夫又是一位名導演，大家對於她在記者招待會上所說那個「不要臉的女人」指的是誰，都很清楚。

仇玲子並不說出梅芹的名字，並非略存忠厚，而是唯恐引起法律上的麻煩。

其實，仇玲子在記者招待會上透露的種種，不但記者們早已知道，就是一般關心影圈動態的人，也很清楚。不過，這次記者招待會對仇玲子來說，並不是完全沒有好處的：（一）在招待會上提及那個「不要臉的女人」破壞她的家庭時，曾經流過許多眼淚，她的眼淚贏得了記者們的同情，這是她一生中演得最好的一個鏡頭；（一）仇玲子在記者招待會上所透露的種種，雖然是大家熟知的，卻使一般人對梅芹的所作所為大為不滿。

但是，這次記者招待會引起了阮迅的反感，卻是仇玲子始料不及的。舉行過記者招待會之後，各報將這件事當作重要新聞刊登在顯著的地位。仇玲子閱讀這些報道時，蟠結在心頭的怨恨終於消散了一半。理由是，記者們在字裏行間，都是同情她的。依照她的想法，記者與讀者同情她，就是蔑視梅芹的一種表示。殊不知這次招待會卻產生了一個嚴重的後果。

阮迅就不回家了。

起先，仇玲子以為這是阮迅的消極反抗，後來，才知道阮迅的反抗，並不消極。

阮迅不但不與仇玲子見面，而且還故意帶着梅芹經常在公共場所出現；不但經常帶着梅芹在公共場所出現，而且還寫了一封信給仇玲子，向她提出離婚要求。

仇玲子並不想離婚。

如果她想離婚的話，根本就沒有舉行記者招待會的必要了。她之所以舉行記者招待會，無非想借此譭謗梅芹，使阮迅回心轉意。

想不到事情竟獲得一個相反的結果。

當她接到阮迅的來信，仇玲子立刻帶着她的兒女走去攝影場找阮迅。在片場，仇玲子見到阮迅時，抖聲問：

「為甚麼？你為甚麼寫那封信給我？」

「我的用意，在那封信中講得清清楚楚，何必再走來問我？」

仇玲子聽了阮迅的話，「哇」地放聲大哭了。阮迅狠狠瞅了她一眼，走到別處去了。他是一個導演，在片場的時候，工作特別忙。

孩子們疾步追上前去，好像攀牆草似的，死纏着他不放，一個孩子哭哭啼啼問阮迅：「為甚麼不回家？」另一個孩子哭哭啼啼問阮迅：「為甚麼要與阿媽離婚？」

阮迅不願意在片場「演戲」給同事們看，見孩子們死纏着他，憤然將他們推開，咆哮如雷：

「回家去！別在這裏吵吵鬧鬧！」

孩子們哭得更大聲。全場的工作人員將他們一家人當作舞台上的演員，各自睜大眼睛望着他們。

惱羞成怒，阮迅三步兩腳走到仇玲子面前，放開嗓子嚷：

「這是片場，是我工作的地方，你要是再不離開的話，我只好通知公司不拍了！公司方面蒙受的損失，由你賠償！」

仇玲子哭得更加大聲。

孩子們伏在她的身上，也嘩啦嘩啦哭了起來。

阮迅見此情形，更加惱怒，用裂帛似的聲音對他們咆哮：

「你們在這裏吵吵鬧鬧，叫我怎樣工作？」

仇玲子心中一氣，霍地站起，帶着正在哭泣中的兒女疾步朝外急走。走了幾十步，竟與剛從化妝室走出的梅芹撞個正着。仇玲子一肚子的怒火，見到梅芹，放開嗓子，當着所有工作人員的面罵了她一句：

「不要臉的東西！」

梅芹不甘示弱，大聲反問她：

「誰不要臉？」

「你不要臉！」仇玲子邊哭邊罵，「狐狸精！淫婦！不要臉的東西！」

梅芹當眾受辱，再也不能保持應有的冷靜，舉起手來，摑了仇玲子一巴掌。

挨了打的仇玲子，感情有如決了堤的河水，一發不可收拾。

有如一隻餓虎，仇玲子朝梅芹撲過去。兩個人扭作一團，你一拳，我一腳，打得難分難解。

那三個孩子也幫着母親擊打梅芹。攝影場一片零亂。許多工作人員圍攏來，將她們當作猴子戲的主角。阮迅見此情形，急若熱鍋上的螞蟻，忙不迭走過去，將她們拉開。

拉開後，梅芹有如一匹脫韁的馬，飛也似的奔入化妝室，哭得像個淚人。

仇玲子沒有哭，狠狠地瞅了阮迅一眼，掉轉身，帶着三個孩子疾步離去。

好戲既已結束，工作人員各自返回工作崗位。阮迅大踏步走去化妝室，有意對梅芹說幾句撫慰的話語。

面對正在哭泣中的梅芹，想開口，竟不知語從何起。

梅芹並沒有抬起頭來，不過，從腳步聲中，她知道阮迅已走進化妝室，而且站在她旁邊。她以為阮迅會講幾句安慰她的話語，阮迅卻一言不發。這樣一來，梅芹索性放聲大哭了。

哭了一陣，依舊聽不到阮迅的話語，霍地站起，指着阮迅，邊哭邊嚷：

「她將我打成這個樣子，你卻一句話也不說！」

阮迅用低沉的語調說：「她這樣做法，當然是不對的。」

「她當眾侮辱我，你……你總不能不設法解決這件事，要不然，我還有面孔做人嗎？」

阮迅尋思久久，用撫慰的口氣對她說：

「你不是不知道的，我已寫信給她，向她提出離婚的要求。她之所以走來攝影場吵吵鬧鬧，主要目的就是不想離婚，她既然用這種橫蠻的態度對付你，我非跟她離婚不可！」

這番話，使梅芹的怒氣消了一半。雖然挨了打，她依舊是佔上風的。阮迅一直倒向她那邊……而且在事實上已變成她的俘虜。

第二天，各報娛樂版以顯著的地位刊出仇玲子在片場毆打梅芹的消息。

這件事，對梅芹來說，倒也沒有甚麼不好。（一）仇玲子走去片場毆打梅芹，使那些對梅芹原無好感的人也同情梅芹了；（二）梅芹是個歌女兼明星，只要能夠成為新聞人物，即使這一類的事情，對她也是有利的；（三）由於此事的發生，可能會引起公司當局的注意。她希望公司當局會派她擔任歌唱片的主角。

約莫過了半個月，阮迅與仇玲子的離婚手續辦妥了。這件事，又成為一般影迷酒後茶餘的談話資料。一般人認為阮迅與仇玲子離婚後，可能會產生兩個後果：（一）仇玲子自殺；（二）梅芹與阮迅結合。

事實說明，這兩種猜測都不對。仇玲子並沒有自殺，而梅芹卻在事情發生後，獨個兒飛到台灣去了。

梅芹的行動，使許多人感到意外。起先，大家都不明白梅芹此舉用意何在，後來，從台灣傳來的消息，使圈內人益感詫異。台灣報紙刊出梅芹與曹普義打得火熱的消息。曹普義就是電影公司的大老闆。

一部分人認定，這是謠言。電影圈等於謠言集中營，常常無中生有。另一部分人說，梅芹想拍片，企圖與曹普義建立超過友誼的關係，是一件大有可能的事情。

但是，曹普義不會喜歡梅芹，理由很簡單，曹普義是電影公司的大老闆，有財有權，想玩女人，可以選那些年輕美貌而私生活相當嚴肅的，絕無理由與梅芹搞在一起。曹普義在電影圈中混了那麼多年，對梅芹的所作所為，不會不清楚。既然清楚，就不至於這樣糊塗。

話雖如此，台灣方面繼續不斷有新消息傳來，說曹普義與梅芹的關係愈來愈密切了。有一張台北出版的報紙亦作了這樣的報道，說曹普義與梅芹在日月潭住了一個時期。

圈內人讀了這個報道之後，分成兩派：一派認定這是謠言；一派則認為事情有這樣的發展，未始不可能。

有一位專跑娛樂新聞的記者拿着報紙，向阮迅提出這樣的詢問：

「讀過這一則報道沒有？」

「讀過了。」阮迅說。

「有無感想？」

「沒有感想。」

「聽說你與梅芹的感情相當不錯？」

「我們是同事。」

「仇玲子為了你與梅芹的關係，曾經舉行過記者招待會。」

「不錯，有過這樣的事情。」

「既然這樣，梅芹此番赴台，你為甚麼不跟她一同去？」

「我在這裏有許多工作要做。」

「梅芹到台灣去的目的何在？」

「不知道。」

「你與梅芹有沒有可能結婚？」

「恕我不能回答這個問題。」

「如果梅芹與曹普義的關係有了進一步的發展，你會不會與仇玲子覆水重收？」

「我沒有想過這件事。」

「梅芹有沒有從台灣寄信給你？」

「請你原諒，我不想答覆這個問題。」

談話到此為止。第二天，那記者將這篇訪問記發表在一家報紙上。尚仁讀了這篇報道後，對梅芹的所作所為，益感不滿。那阮迅，原有一個幸福的家庭，由於梅芹的介入，這個家庭終於破碎了。阮迅當然不能算是一個愚蠢的人，當梅芹設法與他接近時，他應該對梅芹的動機有所懷疑才對。但是，他竟表現得如此愚直。梅芹是個名利心很重的人，與阮迅接近，無非想利用他的地位，奠定自己在電影界的基礎。關於這一點，凡是圈內人，包括仇玲子在內，沒有一個不清楚。但是，阮迅卻愚昧地以為梅芹已對他付出真摯的感情。為了梅芹，他與公司當局爭吵。為了梅芹，他連妻子兒女也不要了。他將所有的希望寄存在梅芹身上，梅芹卻在他最需要她的時候變心了。對於阮迅，沒有一件事比他受到的刺激更大。從電影圈內傳出的消息，阮迅意志消沉，工作時，不能集中精神去做工；不工作的時候，經常喝酒。

在此之前，大家都知道阮迅並不嗜酒，梅芹變心的消息傳到香港後，他企圖將酒液當作藥物去治療感情上的創傷。有人在背後竊竊私議，說阮迅變了，可能會做出愚蠢的事情來。

阮迅沒有自殺。

儘管感情上受到了這樣大的刺激，阮迅仍有繼續活下去的勇氣。

梅芹執導的新片殺青後，梅芹偕同曹普義從台灣回到香港。雖然台港之間關於他們的傳說很多，他們卻搭乘同一架飛機回港。

不但如此，曹普義還在飛機場答覆記者詢問時，透露新片的計劃。

「應廣大觀眾的要求，本公司決定於最近的將來傾全力攝製一部大型歌舞片。」

「女主角的人選已決定沒有？」記者問。

「決定了。」曹普義用驕傲的口氣說。

「誰擔任這部新片的女主角？」記者問。

曹普義不假思索答了兩個字：「梅芹。」

這一個決定，立刻變成新聞，傳揚開去。大家對這個新聞發生興趣，因為它證實了一項傳說：「梅芹與曹普義打得火熱。」

為了達到目的，梅芹是不擇手段的。過去，當她還年輕的時候，為了追求新鮮的刺激，將許多男人當作玩物來戲弄；現在，年紀已不輕，為實現明星夢，盡量利用那些在電影圈有地位有影響力的人，將自己的肉體當作餌。她很自私，在追求名與利的時候，從不考慮別人的感情。

她一直想做歌舞片的女主角。

這個願望終於實現了。

一種新形成的勝利感沖昏了她的頭腦，使她在狂喜中將阮迅忘記了。

阮迅的新片殺青，一直空閒着。因此，梅芹在電影公司進進出出，一次也沒有遇到阮迅。

阮迅曾經打過幾次電話給她，約她晤面。她總是推三推四，不肯接受阮迅的邀約。

歌舞片開鏡之夕，梅芹周旋於賓客之間，說不出多麼的興奮。就在這時候，阮迅也來向她道賀了。

阮迅出現在這種場合裏，使許多賓客感到驚詫。大家把注意力集中在梅芹身上，梅芹卻「表演」得很自然。在銀幕上，梅芹的演技很差。在現實生活中，她的演技相當精湛。

「明天有空嗎？」阮迅問。

「甚麼事？」梅芹反問他。

「請你喝茶。」

「為甚麼要請我喝茶？」

「想跟你談談。」

「你想跟我談些甚麼？」

「現在，當着這麼多人的面，怎麼能夠談話？」

「但是，」梅芹聳聳肩，「明天我不知道能不能抽得出時間，說不定明天會接到拍片通告。」

「明天打電話給你。」

「好的。」

這一段談話，給當時一位走去道賀的記者聽到了，寫出來，當作新聞刊登在報上。尚仁也是看到了報紙上的記載才知道這件事的。至於阮迅會否於第二天與梅芹見面，那就不得而知了。尚仁只知道梅芹與曹普義建立超過友誼的關係後，地位一天比一天高。雖然還是一個演員，因為在老闆面前說話有斤兩，公司裏的職員，不論地位多麼高，都要看她的眼色行事。在這種情況下，阮迅想謀發展，難乎其難。

不久，電影圈內傳出阮迅要求解約的消息。

阮迅提出解約的理由是，公司故意將他冷藏起來，不讓他開拍新片。

阮迅素有「快手導演」之稱，導演的片子雖然缺乏藝術性，票房紀錄卻不會太低。正因為這樣，一般人認為電影公司方面不會同意解約的。

事實證明一般人對此事的看法並不正確。阮迅向公司提出解約的要求後，公司不但不加挽留，而且很快就同意了。

據熟悉內情的人透露的消息，事情完全由梅芹一手做成。梅芹與曹普義搭上後，竟忘恩負義地在曹普義面前破壞阮迅。這樣做，無非想借此與阮迅一刀兩斷。

她知道，阮迅能夠給她的幫助不大，要是繼續讓他留在公司裏的話，可能會使她與曹普義的關係受到影響。在她的心目中，曹普義等於「成功之梯」，爬上梯子，就可以變成大明星。這些年來，梅芹到處搭關係，不為別的，只想使這個願望成為事實。現在，願望的第一步既已達到，當然不希望被別人破壞。為了這個緣故，她竟無情地施展了這種手腕，利用自己與曹普義的關係，將阮迅一腳踢走。

阮迅本人對這件事情比誰都清楚。當他與公司解約後，飛去台灣活動。那時候，台灣攝製的國語片在東南亞各地相當收得，新成立的電影公司，有如雨後春筍。阮迅走去台灣，有兩個目的：（一）感情受了創傷，想轉換一個環境；（二）在香港找不到出路，希望在台灣能夠找到工作。

到了台灣，記者向他詢問有關梅芹的種種時，他總說：

「我不想再提到她了。」

記者問他：「今後有甚麼計劃？」

他說：「要是客觀環境允許的話，今後想拍幾部具有藝術性的電影。」

記者問他：「仇玲子的近況怎麼樣？」

他的回答是：「不知道。」

訪問到此為止。第二天，報紙刊出〈阮迅訪問記〉。之後，台灣報紙幾乎完全沒有關於阮迅的消息了。阮迅在台灣耽了一個月左右，找不到出路，悄沒聲兒走回香港。

回到香港，變成了「垮台導演」，沒有人請他拍片。據他的朋友說，他的意志更加消沉，不但酗酒，而且經常走去「大檔」賭錢。

那時候，梅芹主演的那部歌舞片只完成了三分之一。由於公司方面對這部電影的攝製態度十分認真，工作的進展，比預定的計劃慢得多。

戲沒有拍成，報紙卻刊出梅芹赴日的消息。

梅芹為甚麼在這個時候到日本去？

電影公司宣傳部發出的消息是，梅芹到日本去拍外景。

這一點，顯然是令人難於置信的，理由是，拍外景必有外景隊，但是，梅芹到日本去的時候，是單獨一個人，連曹普義也沒有陪她。

於是好事者將猜測當作事實了，說梅芹到日本去整容。

其實，這種說法也不容易被人接受。日本整容技術高明，是誰也不能否認的。問題是，梅芹倘要整容，應該在那部歌舞片開鏡之前就到日本去。現在，戲才完成三分之一，貿然走去整容，將來片子拍竣後，出現在銀幕上的梅芹，就有兩副不同的面目了。所以，這種說法是不合情理的猜測。

然則梅芹忽然走去日本做甚麼？

這是一件耐人尋味的事情。起先，誰也找不到問題的答案，後來，一個從日本學藝回來的香港歌女卻透露了一個秘密。

這個歌女是認識梅芹的。在日本學藝時，偶患婦女病，走去婦科醫生處求治，無意中遇到了梅芹，問她：「患甚麼病？」梅芹支支吾吾，答不出一個所以然。那歌女並不愚蠢，見此情形已能猜料出幾分，暗中向護士試探，果然證實了她的猜想，梅芹是走去日本墮胎的。

那歌女自日回港後，就將這件事當作秘聞講給別人聽。這「秘聞」一傳十，十傳百，不到一天，已傳遍電影圈。

這樣的「秘聞」，傳入新聞記者耳中，當然會將它當作「內幕」刊登出來。

這件事對梅芹倒也沒有甚麼不好。梅芹的聲譽原不能算好，墮胎的事件公開，對她不會增加太多的損害。

不過，梅芹赴日墮胎的事件既經公開，難免不牽涉到曹普義。

曹普義是個有婦之夫，事情公開後，他的妻子曾經跟他大大地吵了一場。曹普義極力否認與梅芹有曖昧關係，但是，他的妻子不但不相信，而且還提出一個要求：與梅芹解約，不讓她繼續在公司拍片。

曹普義不接受。

他的妻子隨即要求離婚。

經過一番僵持後，曹普義退讓一步，說是讓梅芹拍完這部歌舞片就不再讓她拍片。

一場風波，於焉結束。但是，曹太對曹普義的管束愈來愈嚴了。除了在電影公司辦公，曹太總不肯給他太多的自由。曹普義是電影公司的大老闆，應酬特別多，可是曹太對曹普義的約會卻要事先審查一番。任何應酬，除非獲得曹太的批准，否則，就不准參加。這樣一來，曹普義與梅芹之間的關係暫時疏遠了。

許多人對這件事，都得不到合理的解釋。大家認為，有財有勢的曹普義沒有必要怕老婆。

有人開始查究曹普義的身世了。原來曹普義在結婚之前是個窮光蛋，結了婚之後，將妻子的私蓄當作資本，奠定了事業的穩固基礎。曹普義之有今日，全靠這一筆數目不大的資金。唯其如此，無論曹普義怎樣玩女人，對於糟糠之妻總是帶着三分敬意的。

曹普義與梅芹疏遠，對梅芹來說，並沒太大的損害。她的目的是實現明星夢，曹普義既然繼續讓她擔任那部歌舞片的女主角，她就沒有理由作不必要的擔憂。

那部歌舞片拍攝時，梅芹與曹普義見面的次數少了。別人都說：「梅芹已失寵。」梅芹本人卻一點也不在乎。對於她，擔任一部電影的女主角比甚麼都重要。再說，見面的次數雖已減少，她與曹普義的關係卻沒有中斷。

就在這時候，梅芹結識了一個年輕男人，名叫招楓。這招楓是中環一家商行的小職員，經濟情況很差，但外形極好。梅芹在一個派對中結識他之後，與他打得火熱。

圈內人一致認為梅芹這樣做法，極不聰明。梅芹在別的時候結交男朋友，都不成問題，唯獨這個時候，事業剛展開，就做出這樣的事，當然會有影響。凡是認識她的人，都說：「招楓已變成絆腳石。」

梅芹也聽到這些閒言閒語，不過，她有她的看法。她的看法是這樣的：曹普義既然不像過去那樣與她接近，為了表示不滿，為了引起曹普義的嫉妒，應該與別的男人接近。

事實證明梅芹的看法沒有錯。她與招楓打得火熱的閒話傳入曹普義耳中，曹普義的確有點妒忌了。有一天，曹普義將梅芹喚入寫字樓，向她提出一個直率的問題：

「有了新的男友，是不是？」

梅芹不承認，也不否認，牽牽嘴角，露了一個頑皮的微笑。那曹普義是很喜歡梅芹的，只因妻子的管束太嚴，不敢與梅芹過分接近。如今，梅芹與另外一個男人打得火熱，當然會引起他的嫉妒。

引起曹普義的嫉妒，正是梅芹此舉的主要目的。曹普義想從招楓手中將梅芹奪回來，不能不付出代價。首先，送了一層新樓給她，然後答應那部名叫《心聲淚影》的電影攝竣後，讓她到星加坡與馬來西亞去隨片登台。梅芹原是一個歌女，隨片登台，可以增加《心》片的叫座力。

梅芹接受了這樣的條件，理由是，曹普義答應梅芹到星馬去隨片登台的時候，他也會到星馬去的。這樣一來，曹普義就可以不必受到妻子的管束了。

為了避免引起妻子的疑惑，曹普義吩咐宣傳主任放出煙幕，說梅芹與《心》片導演正在熱戀中。女紅星與導演發生曖昧關係，是常有的事，何況梅芹原是一個私生活並不嚴肅的歌女，宣傳部奉命製造這樣的謠言，一般影迷信以為真了。

如果尚仁不在飛機場遇見報館裏的記者小陳，對梅芹與曹普義的事情，也不會知道。

尚仁送魏琳子夫婦回星加坡，在機場遇到小陳，才知道梅芹由台回港，將於翌日前往星加坡隨片登台。

# 九

在返回報館的途中，他想起了二十年來梅芹所做過的種種。至於梅芹與曹普義的事情，則是當天晚上，小陳從飛機場回到報館後講給他聽的。

聽了小陳的敘述後，尚仁感慨地歎了一口氣，小陳問：

「為甚麼歎氣？」

尚仁聳聳肩，並不答覆小陳的問話，只是提出一個反問：

「梅芹的外貌怎麼樣？」

說出這句話之後，覺得語焉不詳，當即補充了這麼幾句：

「我的意思是，她已是一個半老的徐娘，走去星馬隨片登台，會不會受觀眾歡迎？」

「說起來，你也許不會相信。」小陳說。

「甚麼？」尚仁問。

「剛才，我在飛機場見到她時，不但不覺得老，而且依舊具有一種令人蝕骨銷魂的明艷。」

「也許因為她的服裝好，」尚仁說，「梅芹是很懂得穿衣服的人。」

「衣服雖然穿得好，卻與艷麗無關。」小陳說，「我不知道她今年幾歲了，不過，她一點也不老。」

「額角上沒有皺紋？」尚仁問。

「沒有，」小陳說，「當她露出笑容時，眼梢也沒有魚尾紋。總之，單看外貌，她不像一個四十左右的婦人。」說到這裏，停了片刻，加上這麼一句，「她像一個二十幾歲的年輕人。」

尚仁忍不住笑了起來，笑了一陣，問：

「你知道梅芹出來唱歌到現在，有多少年了？」

「不大清楚。」小陳說。

尚仁正正臉色說：「她跟隨歌舞團到星加坡去演唱，已是二十年前的事了。如果她今年只有二十幾歲的話，那時候豈不是只有幾歲？」

「照你這樣說來，那梅芹倒是駐顏有術了。」小陳說。

「她常常走去台灣或日本，一定整過容。」

「現在，紅歌女與女明星，十之七八整過容。梅芹年紀大了，找整容醫生施一下手術，也是極有可能的事。」

尚仁掏出煙盒，遞一支給小陳，替他點火之後，自己也點上一支。

「剛才，」他問，「你在機場見到梅芹時，向她提出甚麼問題？」

小陳深吸一口煙，將話語隨同煙靄吐出：

「我問她，此番到台灣去做甚麼？」

「她怎樣答覆你？」

「她說，《心聲淚影》殺青後，覺得很疲倦，到台灣去休息一個短期。」

「此外，有沒有問她到星馬去隨片登台的行程與日期？」

「她只說，預定在星馬演唱三個月左右。」

尚仁一連吸了兩口煙之後，說：「有一件事，我還是想不明白。」

「甚麼？」小陳問。

「她第一次到星加坡去的時候，因為有人到福利部去控告她破壞家庭，移民廳不肯批准她延長居留期，後來，回到香港，她曾經不止一次申請到星加坡去，也不獲批准。這一次，居然能夠至星加坡去隨片登台了。」

小陳聳聳肩，說：「依我看來，這件事有兩個原因：（一）隔了十幾二十年，各方面的情況都不同了；（二）曹普義是個相當有辦法的人。」

小陳站起身，回到自己的座位去寫新聞稿。尚仁將長長的煙蒂撳熄在煙灰碟中後，想起了幾個星加坡的朋友。十幾二十年前，尚仁在星加坡報館做事時，有幾個星加坡朋友待他很好。他的朋友多數在新聞界服務，梅芹此番赴星，與新聞界人士必多聯繫。因此，他有意託梅芹帶些小禮物給那些朋友，作為一種敬意。

有了這樣的想法，尚仁走到小陳面前，問：

「你知道梅芹家裏的電話嗎？」

「不知道，」小陳說，「不過，我可以代你打電話給電影公司的宣傳主任。他一定知道的。」

「麻煩你。」尚仁說。

小陳從口袋裏掏出那本小小的電話簿，找到電話號碼，打給宣傳主任。

尚仁獲悉梅芹的電話號碼之後，當即打了一個電話給她。

梅芹接到尚仁的電話，彷彿被人刺了一針似的叫起來：

「諸先生！這麼多年不見面了，你好不好？」

「還是老樣子。」尚仁說。

「有甚麼事嗎？」

「聽說你明天就要到星加坡去了。」

「是的，」梅芹用興奮的語氣說，「到星加坡去隨片登台。」

梅芹故意將隨片登台的「片」字加重語氣講出，表示她已是一個電影明星。尚仁辨出她的意思後，當即說了這麼一句：

「聽說你完成了一部新片？」

「是的，我最近拍了一部歌唱片，叫做《心聲淚影》。此片先在星加坡公映，所以公司方面派我去隨片登台。」

「我有幾樣小禮物想託你轉給星加坡的朋友，不知道方便不方便？」

「好的。」梅芹一口答應。

「你明天甚麼時候到飛機場？」尚仁問。

「下午兩點。」

「我請你在機場吃中飯？」

「不必客氣，明天有好幾個朋友都陪我到飛機場去吃中飯。你要是有空的話，也來一同吃。你要我帶的東西，明天帶到飛機場來交給我，好幾年沒有跟你見面了，很想見見你。」

「好極了！」尚仁說，「明天下午一點半，飛機場見面！」

第二天下午，尚仁過海趕往飛機場。當他在機場餐廳見到梅芹時，不能不感到詫異。梅芹的年紀已不小，依舊美得令人蝕骨銷魂。雖然脂粉給她的幫助很大，但是梅芹比同年的女人顯得年輕，乃是誰也無法否認的事。

梅芹現在是電影明星了，不但在開麥拉面前會做戲，在現實生活中也很會演戲。當她見到尚仁時，她就含笑盈盈迎上前來。握手時，她說：

「這麼多年不見面，你還是那個樣子！」

「老了！」尚仁笑得眼鼻皺在一起，「你自己不但不老，反而比過去更加年輕了！」

「哪會有這樣的事？」梅芹笑得很纏綿。

「我說的是真話。」

「你說的是謊話，不過，我聽了也很高興。」

「不是謊話，絕對不是謊話，你的確比過去更美更年輕了。」

「來，」梅芹一邊拉着尚仁朝餐桌走去，一邊說，「有幾個朋友，你也許不認識，我替你介紹。」

餐桌邊坐着十幾個人，有男有女，其中有幾個是明星，不必介紹，尚仁也認得。其餘的幾個除了電影公司的製片主任、宣傳主任外，還有商人與娛樂報紙的記者。尚仁對這些人物並沒有留下深刻的印象。使他留下深刻印象的，是曹普義。

曹普義是電影公司老闆。他的照片，偶爾也會出現在報紙上。在照片中，尚仁已經見過曹普義好幾次了，不過，曹普義本人還是第一次見到。

曹普義相當瘦，臉色蒼白，白得像搽了一層粉。雖然是個有錢人，態度卻一點也不驕傲。尚仁與他同桌而坐時，心中暗忖：

「也許這正是他在事業上能夠獲得成功的主要原因。一個成功的人，能夠傲氣盡消，並不是一件容易做到的事。在香港這社會裏，沒有資格驕傲而傲氣十足的人物相當多。有些傢伙，一向無法出人頭地，在經濟上或事業上稍有進展，馬上就會擺出一面孔不可惹的神氣，眼睛長在額角上，好像再也沒有一個人可以跟他比了。但是曹普義不同。曹普義的事業做得相當大，也相當成功，卻一點也不驕傲。」

尚仁對曹普義的第一感很好。

曹普義知道尚仁是報館的編輯，對他特別客氣，敬煙斟茶之外，還故意找些話題出來，與尚仁兜搭。

談得正投機，有幾個記者知道梅芹即將赴星隨片登台，一窩蜂擁來，或拍照，或向梅芹提出詢問。這樣一來，尚仁與曹普義的談話，不能不中斷。

有幾個記者與尚仁是相識的，見面時，少不免寒暄幾句。

記者們一到，梅芹頓時變成一個忙人了。尚仁原想跟梅芹講幾句話的，在這種情形下，當然不能談甚麼了。

記者們忙於為梅芹拍照的時候，機場電視的熒光幕上出現地勤工作人員，催促赴星的搭客登機。尚仁當即將那些小禮物交給梅芹，祝她一路順風。

梅芹再一次飛到星加坡去了。

「十幾二十年前，梅芹想去星加坡演唱，因為有人跟她作對，幾次申請，都沒有被批准。現在，竟飛去星加坡隨片登台了。」尚仁坐在的士的車廂裏，一直在想着梅芹，「儘管她的外表看來還相當美麗，終究不是一個年輕人了。在這個時候仍在追求名利而無意尋找歸宿，實在是一件可悲的事情。此番到星馬去演唱，不受觀眾歡迎，就會平添不少麻煩，即使大受歡迎，對她也不會有甚麼幫助。一個四十左右的婦人，企圖繼續用美色在找求名利，當然是可悲的……」

計程車抵達碼頭，尚仁下車。當他坐在渡海小輪上的時候，他想：

「第一次見到梅芹，她是一個唱時代曲的歌女，現在，她依舊是一個唱時代曲的歌女。雖然表面上已轉入電影圈，實底子仍以唱歌為主。她主演的電影是歌唱片，走去南洋登台也演唱時代曲。她的歌，唱得並不好，二十年來，卻一直將時代曲當作武器去奪取名與利。但是，唱了這麼多年的時代曲，星加坡、馬來西亞、菲律賓和中國的台灣、香港都唱過，得到的是甚麼？……」

然後聯想到那個同事的女兒利莉：

「利莉怎麼樣了？為了錢，從遙遠的香港走去馬來亞給有錢人當金絲雀，物質享受也許會比較好些；精神上的痛苦，恐怕只有她自己才知道……時代曲，是一種靡靡之音，雖然庸俗而缺乏藝術性，卻在二十年前就變成一種浪潮了。它使一般民眾將聽歌當作一種主要的娛樂節目，它打入電台，它還使電影製片家為了票房紀錄而不必要地在劇情片中加插歌曲，它變成歌者追求名利的工具……直到現在，時代曲仍極流行，老歌女仍在掙扎，新歌星充滿了新希望，以為時代曲可以帶給他們幸福與快樂。但是，憑藉唱幾首時代曲而能獲得幸福與快樂的，究竟有幾個？」

一九七一年作

# 時代曲

劉以鬯 著

責任編輯　張佩兒
裝幀設計　陳佩珍
排　　版　楊舜君
印　　務　周展棚

出版　中華書局（香港）有限公司
香港北角英皇道四九九號北角工業大廈一樓B
電話：（852）2137 2338
傳真：（852）2713 8202
電子郵件：info@chunghwabook.com.hk
網址：http://www.chunghwabook.com.hk

發行　香港聯合書刊物流有限公司
香港新界荃灣德士古道二二〇—二四八號
荃灣工業中心十六樓
電話：（852）2150 2100
傳真：（852）2407 3062
電子郵件：info@suplogistics.com.hk

版次　二〇二五年七月初版
©2025 中華書局（香港）有限公司
規格　三十二開（190mm × 130mm）

ISBN　978-988-8913-64-0